AF451333

EL PINTOR DEL DESTINO

Jacobo Fernández

EL PINTOR DEL DESTINO

EDITORIAL
Letra Minúscula

Primera edición: junio de 2020
ISBN: 978-84-18149-88-7
Copyright © 2020 Jacobo Fernández
Portada e ilustraciones: Cristina Fernández Núñez.
Editado por Editorial Letra Minúscula
www.letraminuscula.com
contacto@letraminuscula.com

Índice

Dedicado a mi hermana María; a mis amigos José Luis, Jaime y Alfonso; a mi padre, Antonio, y a todos los fallecidos por el coronavirus, para que desde arriba se pinten sus almas de felicidad.

Nuestro destino ¿está escrito?
¿Son casualidades?
¿Es el azar o es una paleta de colores
que vamos eligiendo con la intención de
pintar el cuadro de nuestra vida?

El ruido estridente de la sirena del patio hacía que los internos se pusieran en fila para recibir la merienda: un trozo de pan con una loncha fina de queso. Un día turbio, gris, como muchos otros de los días apagados de Galicia, con el cielo encapotado por nubes que no permitían ver el sol.

Yo estaba sentado en la repisa de la ventana de la octava planta del internado Carlos Matas, desde donde, en días claros, se llegaba a ver el pueblo, la entrada de la ría, el puente de piedra y la inmensa playa de Cabañas. En ese momento, solo veía mis pies colgando. Tenía sensación de vértigo. La ventana estaba atrancada con un lápiz para que no pudiera abrirse desde dentro.

Me encontraba ido, sin ganas de seguir. La vida no me sonreía. Había perdido la ilusión, la voluntad de continuar, las ganas de vivir. Me sentía muy solo. Recordaba la libertad, añoraba mi casa, mi familia, mi perro, el calor de mi hogar... Dudaba en tirarme por la ventana para acabar con mi agonía de una forma rápida; aunque, al mismo tiempo, pensaba en el suplicio de ese último instante, al impactar en el frío y duro suelo. No sabía si tendría valor para tirarme, el suficiente coraje de dar un simple paso hacia el vacío. De caer como una piedra en el abismo. Terminar con mi sufrimiento, acabar con mi tormento. Una nube de angustias se incrustó en mi garganta y pecho. Sentí el miedo a la muerte.

Dentro de la habitación estaban algunos de mis colegas: Juan, Manín y Santi. Realizaban gestos con las manos pidiendo «por favor». Apenas los escuchaba.

—¿Qué haces, tío, estás loco? ¡No se te ocurra! ¡No lo hagas! ¡Beni, por favor! Te lo suplico, ¡no lo hagas, tío!

En ese momento, el jefe de estudios, Vicente Gómez, entró en la habitación.

—¡Sal de ahí, Benito! ¡Ahora mismo! ¡No hagas ninguna tontería!

Salió rápido de la habitación para ir a la ventana del cuarto contiguo.

—¡Benito, por favor! ¡No se te ocurra saltar!

Era la primera vez que lo oía pedir algo por favor.

No sabía muy bien qué hacer, no quería seguir así. Estaba desanimado, abatido, hastiado. De un tiempo a esa parte todo me salía mal, tenía una tristeza interior como nunca había sentido. Llevaba ciento setenta y un días sin verla, demasiados días, y me acababa de enterar de que la habían visto con alguien. Me sentía vacío, despreciado, como si mi vida fuera insignificante, con la sensación de que a nadie le importaba lo que me pasara. No podía mantener ese sufrimiento en mi interior.

Nunca se ama como la primera vez.

No la veía desde la noche de San Juan, el 23 de junio. Esa noche mágica, única, en la que se enciende la tierra y se ilumina la noche; resplandecen las sombras; languidecen las caras por la penumbra; se inflaman casas, prados, playas e incluso cunetas, y se calienta el aire por miles de hogueras que abrasan. Hogueras de todos los tamaños y formas: en pico, alargadas, redondas. No hay dos fuegos iguales, pero todos purifican el alma, ahuyentan los malvados augurios quemando lo malo para dar paso a los buenos deseos. Desde pequeño la recuerdo como la más especial, la primera en la que trasnochas. El día más largo y la noche más corta. Un culto al sol con rituales y magia (que ya los egipcios veneraban).

Antes de saltar la hoguera debes pensar en todo lo negativo que has vivido en lo que va del año. Esos pensamientos saldrán de tu mente, se quemarán para dar paso únicamente a los positivos. Una vez que se ha saltado, debes ir inmediatamente a darte un chapuzón en el agua del mar para que la sal te purifique. También se realiza el ritual de las velas, que se encienden exactamente a las doce horas, concentrándote en la llama. Cada color de las velas tiene un significado: el rosa es para el amor; el verde, para los negocios o el dinero; el azul, para encontrar la paz, en caso de haber perdido a alguien recientemente; el rojo, para la pasión y el coraje, y también para personas que puedan estar deprimidas; el amarillo, para mejorar los conocimientos; el violeta, para enfrentarnos a cambios o situaciones difíciles y, por último, el blanco, que siempre debe acompañar a todas las anteriores para conseguir paz y tranquilidad. Para finalizar, el conjuro de la queimada, que tiene facultades curativas, como protección contra los maleficios: aleja a los espíritus y seres malvados.

De pequeños íbamos esa tarde por el bosque en busca de cardos silvestres que poníamos en un vaso de agua. Pedíamos un deseo y, si al día siguiente el cardo florecía, el deseo se te cumpliría.

Mi última noche de San Juan había sido la mejor de mi vida. Desde entonces, solo hubo desaliento… Ella era el principal motivo de mi abatimiento, de estar dispuesto a morir. Pero si me moría…, dejaría de verla. Sus ojos, su mirada, su sonrisa, sus dientes perfectos, su forma de hablar, ¡su olor! Olía como flores de azahar, rosas, claveles, jazmines, praderas, bosques. No sé, sus aromas penetraban en mí, los notaba en el estómago y me embriagaba, y luego se evaporaban por los poros de mi piel.

Le pregunté por su perfume.

—Guerlain Jicky —me dijo.

Me lo compré en cuanto pude, porque costaba una pasta… Deseaba olerla eternamente, pero el perfume en el frasco no contenía esos aromas que ella desprendía.

Faltaban matices, esencias, flores, naturaleza… Su olor me volvía loco. Nada olía como ella. Era como respirar y sentir un buqué único, distinto al resto de los olores; uno que quería seguir inspirado sin parar. Me penetraba en ese lugar del cerebro para sentir paz y satisfacción a la vez, me hacía evadir mi imaginación en cosas agradables, alegres, puras, limpias.

Graciela, Graciela, Graciela… Todos mis pensamientos giraban en torno a ella. Era lo que más quería, mi primer amor. Daría mi vida por ella. No podía pasar más tiempo sin verla, sin oír su voz, sin su risa. Cada vez que se reía, me contagiaba con su alegría.

Abajo, en el patio, cada vez se congregaba más gente. Todos miraban hacia arriba. Se debía de haber corrido la voz… Todos me señalaban. Eran ocho pisos y mi muerte era segura. Vi que sacaban un colchón, pero ni veinte colchones unos encima de otros harían que no me hiciese añicos. Quizás un hinchable enorme, de los que usan los bomberos en las películas estadounidenses, podría salvarme, pero aquello solo ocurría en Estados Unidos. Los bomberos de Pontedeume no tenían nada parecido. Como mucho, una escalera, y no creo que fuese tan larga para llegar hasta el octavo piso.

Dentro de la habitación, Vicente estaba hablando con alguien a través de su teléfono inalámbrico. Yo seguía pensando en Graciela y me evadía totalmente de lo que estaba pasando, razón por la que, últimamente, la mayoría de los profesores no paraban de decirme: «¡Benito, estás todo el día en Babia!». Realmente, lo estaba, porque mis pensamientos, desde que me levantaba, eran sobre ella, recordando lo vivido y, sobre todo, el último día en la noche de San Juan, cuando nos besamos. Algo muy agradable surgió dentro de mí, caricias en mi corazón que generaron bienestar y dulzura. No conocía el amor y esa noche lo recibí de golpe.

Había estado con otras chicas y ya no era virgen desde hacía varios años. Perdí mi virginidad un día de borrachera como casi todos mis amigos, que también perdieron la virginidad con la misma tía. Se llamaba Catalina. Sus padres tenían cuatro carnicerías en varios locales de La Coruña. Siempre hacíamos barbacoas gracias a ella. Era gordita, morena, de ojos castaños, cara redonda y grandes mofletes, con unas tetas enormes. Su mote era la Catá.

Ninfómana confesa, siempre quería más. Todo el que quería podía tener sexo con ella, sin ningún pudor. Le gustaba hacerlo en los sitios más inverosímiles, cualquiera le valía: en la playa, en un baño, en un probador, en el cine, en la moto, en el autobús, detrás de un árbol, contra una farola... Sin la más mínima vergüenza.

—Lo que más me gusta hacer en la vida es follar —repetía constantemente y, aunque prefería chicos, también lo hacía con tías. Presumía de haberse tirado a la mayoría y a varios a la vez.

Yo, en cambio, me sentía mal. Deseaba borrar aquel día de mi memoria, el haber perdido mi virginidad de esa forma, sin amor. Solo sexo rápido, donde te pones los pantalones sin casi terminar, con prisas por acabar, sin nada que compartir, sin sentir un placer mayor que cuando lo haces solo. Durante años, escuchas cómo los tíos presumen de las tías con las que han estado. Las catalogas por lo que te han contado, por cómo se han comportado sexualmente, aunque sabes que la realidad, probablemente, es muy distinta. El sentimiento de culpa por ni siquiera abrazarme en esa primera vez, ni dar un mísero beso, me perseguirá hasta que pierda la memoria.

En cambio, a raíz de haberla conocido, leí un libro sobre Catalina la Grande, emperatriz de todas las Rusias. Fue uno de esos libros que te marcan, que te dejan huella, señales que te van formando como persona. Ella me impresionó por ser una mujer adelantada a su tiempo, inteligente, estratega y uno de los personajes más importantes del siglo XVIII. Pero, por encima de todo, fue su vida íntima, con zoofilia incluida, lo que me impactó.

Siempre leí bastante. Ninguna noche puedo dormir sin leer, lo necesito como cepillarme los dientes al acostarme. Mis padres incidieron y me lo inculcaron desde pequeñito. Los cuentos eran vivir otras vidas, ponerme en la piel de personajes singulares, recorrer lugares remotos e inaccesibles, tiempos increíbles, reflexiones que perduraban y eran el colofón del día. Lo esperaba como si fuese el mejor regalo. Hambriento de historias, quería permanecer niño para que no terminasen nunca; continuar siendo médico, pirata, marinero, aventurero, piloto o astronauta eternamente. A veces no eran cuentos cortos. Según fui creciendo los temas eran más complejos y diversos.

Me los leía mi madre, aunque estuviera muy cansada. A ella también le encantaban esos momentos, sentía cómo disfrutaba de compartir cultura. Siempre teníamos algo que comentar sobre las historias y los personajes. De hecho, los utilizaba para que lo cotidiano fuera más llevadero, aprender de situaciones para ver el lado positivo.

Cuando sea mayor y tenga hijos, intentaré leerles mucho. No entiendo cómo ciertos autores y libros no son obligatorios en los estudios, es incomprensible. Libros necesarios, fundamentales, que te proporcionan todo, son desconocidos para algunos, cuando deberían ser aprendidos como aprendemos a dividir. Escritoras fantásticas como Simone de Beauvior y su libro *El segundo Sexo*, o simplemente Darwin y *el Origen de las Especies*, *La Odisea*, *Guerra y Paz*, *El Príncipe de Maquiavelo*, Einstein y su *Teoría de la relatividad*, Freud con *La interpretación de los sueños*, *El Principito*, de Saint- Exupéry, o alguien actual, como Stephen Hawking y su *Breve Historia del Tiempo*. O, como mi buen apellido indica, Gabriel García Márquez con *Cien años de Soledad* y todas sus obras, Juan Rulfo, J. R. R. Tolkien, Faulkner, Dickens, por nombrar imprescindibles.

Hay tantos… Nos han dado tanto que no hay nada más importante que sus legados.

Nunca había sentido nada parecido a lo que sentía con Graciela. Me absorbía mis pensamientos, ese primer amor del que tanto había leído. Sus besos me hechizaban, cautivaba mis pensamientos solo con su sonrisa. A su lado se paraba el tiempo, deseaba prolongar cada instante cuando, la realidad, ocurría lo contrario: los segundos eran minutos y los minutos, horas… Sin necesidad de hablar para sentir paz, miradas que reconfortan, que se vuelven cómplices de amor e implicación.

Al día siguiente de San Juan, fue pasar del Cielo, rodeado de ángeles y amor, al Infierno, con diablos y tormento. Me llamó para decirme que me quería mucho como amigo…, que era su mejor amigo y no quería estropear nuestra amistad. Que nunca había tenido un amigo como yo.

No tuve el valor de preguntarle si no había sentido nada o al menos decirle que para mí había sido la noche más maravillosa de mi vida y que, además de amigo, podía ser su novio, su amante. Me quedé callado y solo respondí a su pregunta.

—¿Cuándo te vas al internado? —me dijo.

—Dentro de cuatro días.

—Pues, nos vemos, vamos a ver … ¿el sábado por la tarde?

—Perfecto, el sábado a las cinco. ¿Me recoges como siempre en casa?

—Sí, claro, ¿vas a llevar al perro?

—Sí, aunque mi padre se está poniendo pesado para que lleve la escolta hasta ¡al pasear al perro! Pero ya le he dicho que no, que estoy dejando de tener vida propia y privacidad con tanta escolta, que no va a pasar nada. Desconfía todo el rato de todo el mundo.

—Vale, yo llevaré a Jasper. Hasta el sábado.

—Hasta el sábado, Beni, besito.

—*Ciao*, besos.

Me quedé pensando: «Solo como amigo». Intenté que esa frase no existiera, borrarla de mi memoria. Me engañaba a mí mismo pensando que cambiaría con el tiempo. Tenía que conocerme más y se daría cuenta de mi amor. Nadie la podía querer como yo. Si nos habíamos besado, algo tenía que sentir por mí. Era cuestión de tiempo, me convencía. Si tan importante era mi amistad, tenía que conseguir su amor y no desistiría en el intento.

Vicente Gómez, con esa cara de cabreo constante y con el rencor de su mirada, me gritó desde la habitación contigua, sujetando un palo largo y una cesta.

—¡Coge el teléfono, Benito!

Siempre me había intrigado mucho cuando llamaban y no llegabas a tiempo para cogerlo. La intriga de quién habría sido siempre me resultaba enorme. El teléfono inalámbrico era grande y pesado, parecía que la cesta no podría con él.

—*¿Benito?*

—¿Mamá?

—*Sí, soy tu madre ¿Qué estás haciendo, hijo mío? Menudo disgusto me he llevado. ¿Has tenido algo que ver en la muerte de ese chico?*

—No, mamá, te lo juro, yo no tengo nada que ver con su muerte.

—*Entonces, ¿por qué estás haciendo esto? No te das cuenta del disgusto que me estás dando, ¿quieres castigarme de esta forma para el resto de mis días? Te queremos mucho y sea lo que sea lo que te ha hecho estar en esta situación, lo podemos arreglar. Hijo mío, ¡por favor!, no nos puedes mortificar de esta forma a tu padre, a tu hermana y a mí. ¡Por favor! Te lo suplico. Tu padre está trabajando y aún no le he dicho nada. Está aquí tu hermana María.*

Mi hermana es lo que más quiero en este mundo, después de Graciela.

Cómo son las madres, que te conocen mejor que nadie. Por haberte parido, desde ese primer momento, cuando te reconfortan en sus pechos y sin ser consciente, reconoces esa voz que ha sido lo que te ha tranquilizado en su vientre. Te conocen a la perfección cómo eres, tu forma de ser, tus debilidades y fortalezas.

—*Espera, Beni, que te la paso* —me dijo mi madre.

—*¿Beni?*

—Hola, María.

Mi hermana María tiene seis años menos que yo, es todo bondad y una sonrisa que parece que se le estira cada día. No para de sonreír, es felicidad perpetua y alegría. Es una maravilla tener a alguien así tan cercano. Nunca se levanta de mal humor, rara vez se enfada y su visión del mundo es tan idílica... Son todos felices y están eternamente contentos, no existe la maldad.

Le encanta la danza y la gimnasia rítmica, es muy delgada —como yo—, morena, con unos ojos marrones enormes. Bueno, uno es marrón y el otro casi verde. Pocas personas tienen los ojos de distinto color, María sí los tiene.

Con lo que alucina todo el mundo es con su flexibilidad, la armonía en sus movimientos. Hasta cuando camina parece como si estuviese flotando en las nubes, como si rebotase a cada paso. Tiene unos andares únicos..., nadie camina como lo hace ella. En el colegio Santa María del Mar de La Coruña, donde yo siempre he estudiado, ya le habían dicho que se podía dedicarse a la gimnasia rítmica, que tiene una coordinación fuera de lo normal y, además, sobresale en todas las disciplinas: en cinta, con la pelota, en la barra, en el suelo... Sobresale en todo y, al mismo tiempo, su facilidad es descomunal para memorizar coreografías y ajustar los ritmos a la música.

—*Mamá solo me ha dicho que te diga que te quiero, pero eso ya lo sabes. ¿Qué es lo que está pasando, Beni?*

—Nada, mi hermanita, que hoy tengo un mal día y todo me sale mal.

—*Beni, no te preocupes, ya casi no falta nada para Navidad. Te quiero mucho y te he hecho un regalo, espero que te guste. A mí me encanta y lo he hecho yo solita, sin que nadie me ayude.*

—¿Qué será? Me tienes intrigado. Yo a ti también te quiero mucho, mi querida hermanita, siempre te lo digo. Eres lo más importante de mi vida.

Realmente lo era, siempre la he cuidado como un hermano mayor y, con ese carácter de bondad que tiene, la quiero con toda mi alma.

—*Y tú en la mía, eres mi hermano. Si no me hubieras enseñado y dibujado todo lo que has hecho para mí, sería muy diferente. ¿Sabes que mamá le ha puesto un marco al retrato con la cinta que me hiciste? Se lo pedí por mis buenas notas, queda súper chulo. Lo hemos colgado en frente de mi cama para poder verlo todo el rato. Mamá dice que en ese cuadro parece como si me estuviese moviendo, la cinta hace círculos sin parar. Me quedo embobada mirándolo y parece como si tuviera movimiento, veo el ejercicio completo. Es lo más bonito que tengo.*

—Pues te pintaré otro si quieres…, con alguna de tus amigas,

—*¿De verdad? ¿Y también con Jasper? Es que, como no estás, te echa mucho de menos y va siempre a dormir a los pies de tu cama. Yo lo acaricio mucho y le digo que pronto estarás de vuelta.*

—Sí, con Jasper también. Te quiero mucho, mi hermanita, pásame con mamá.

—*Yo te quiero muchichichichísimo más, Beni.*

—Un beso grande, hermanita.

Cómo son las madres. Lo único que le dijo a mi hermana María fue que me dijera que me quería y con esas palabras me rompió el corazón. Sentí miedo de abandonarla, de no poder seguir protegiéndola. Impulsó vida a mi cuerpo, redujo mis ganas de tirarme, me cambió el chip. Lo mismo pasaría con Graciela. No podría seguir viéndolas, ni compartir con ellas mi vida y les causaría un daño tremendo para siempre. Su voz, tan dulce y tierna, me hizo reaccionar, no podía hacerlo. Una ráfaga de viento despertó mi conciencia. Pensándolo bien, suicidarse es de cobardes que no afrontan los problemas y yo no soy un cobarde. Además, siempre he tenido miedo a la muerte y todos mis sueños e ilusiones se terminarían en ese instante. No se lo merecían mis seres queridos, no lo podía hacer.

—Mamá, perdona. No te preocupes, que ya vuelvo a entrar, pero, por favor, no se lo digas a papá, ¿me lo prometes?

—*¡Gracias a Dios! ¡Hijo mío! Pero mañana iré a verte, quiero saber lo que te ocurre y qué ha pasado para que quieras hacer lo que estabas a punto de hacer.*

—Mejor, mamá, en vez de venir mañana, pide que pueda salir el fin de semana para que pueda ver a un psicólogo, un psiquiatra o un médico de la familia, y a papá simplemente dile que estaba deprimido y que por mi comportamiento me dejaron salir. Pero, por favor, no se lo cuentes, ¿vale?

—Hablaré con el director, cariño. No sé qué le voy a decir a tu padre, espero que no se entere. Pero no te preocupes, el viernes a las seis de la tarde te iré a buscar.

—Gracias, mamá, te quiero.

—Y yo más, hijo mío, pero un día me vas a matar de un disgusto. Un besazo enorme, te quiero.

Por lo menos había conseguido salir el fin de semana del internado, ya que no había salido ninguno desde el 28 de junio cuando entré. Casi seis meses y medio habían pasado.

—¡¡Vicente!! Toma el teléfono, que ya entro —le dije.

Justo cuando estoy sacando el lápiz que atrancaba la ventana, casi me caigo de verdad. Lo había metido con tanta fuerza que, al sacarlo, estuve a punto de perder el equilibrio y caerme.

Al entrar en la habitación, Vicente, con una cara de querer matarme, dijo:

—¡Tú eres tonto o qué! Como se te ocurra volver a hacer una tontería como esta, el que te tira por la ventana soy yo —y me dio un capón en la cabeza—. Pasa, pasmarote —me dijo.

Mis amigos estaban ahí, pálidos.

—Menudo susto nos has dado.

—¡Qué cabrón! —me dijo Manín.

—Tío, ¿por qué lo has hecho? —me preguntó Juan.

—No digáis nada, pero este fin de semana salgo de este infierno.

—¡Qué cabrón! —volvió a decir Manín—. Pues si hay que montar este numerito para salir... estamos apañados.

Pontedeume, domingo 28 de junio de 1981.

Mi padre me llevaba en su Seat 1430 camino al internado Carlos Matas.

Nadie podía adivinar que ese año se cometería el primer asesinato en un internado.

Íbamos con el colchón atado a la baca del coche, cada alumno tenía que llevar su propio colchón. Mi padre, Federico Buendía, trabajaba desde los catorce años en una agencia de viajes, Viajes Norte. No había estudiado, empezó como niño de los recados y para ese momento, después de muchos años, era la mano derecha del dueño; el que abría y cerraba la agencia.

Había aprendido todo sobre el negocio con dedicación y sacrificio: presupuestos, leer el télex, emitir billetes de avión, de tren. Su don de gentes generaba confianza, cercanía, seguridad, para cualquiera que dudase en hacer un viaje. Era un hacha comercialmente. Al poco tiempo se ganó la confianza del dueño, Antonio Fernández Tapias, que lo había nombrado hacía unos diez años director general. Trabajaba demasiadas horas, sin descanso, sin importarle que fuese sábado, domingo o lunes. Una persona dedicada en cuerpo y alma al trabajo.

La oficina estaba muy céntrica, en la plaza de Lugo de La Coruña. Era un hombre alto, medía un metro noventa. Todo en él era grande. Sus manos —con los dedos infinitos, con el índice y el dedo medio de la mano derecha amarillos de tanto fumar—, su nariz, sus orejas, su cara, hasta su calva eran enormes. Pero, sobre todo, lo que más destacaba era su buen corazón. Siempre se hacía sentir su presencia.

Antonio, el dueño, tenía un socio alemán, Glap Keiferman, con el que había establecido los primeros vuelos chárter directos desde Santiago de Compostela a Frankfurt. En Alemania —contaba mi padre—, hacían falta muchos trabajadores no cualificados: camareros, obreros, fontaneros, albañiles, limpiadoras, electricistas... Y lo que comenzó con un vuelo mensual Santiago-Frankfurt, en solo unas semanas llegó a reservar cientos de billetes y aviones completos para varios meses. La cantidad de emigrantes que buscaban un futuro mejor en Alemania era enorme. Trabajaban muy duro y ahorraban para poder mantener a la familia, que en muchas ocasiones se quedaba en Galicia, hasta que con el paso del tiempo se establecieran y pudieran llevarla allí también. Pasaron de tener un vuelo mensual a dos vuelos a la semana y, al poco tiempo, a un vuelo diario, excepto los sábados.

Mi padre trabajaba mucho, pero Antonio era un hombre muy generoso con sus trabajadores que hacían horas extras y los recompensaba muy bien. Todos los años, desde que recuerdo, nos íbamos en agosto, tres semanas, de vacaciones a un país distinto: Irlanda, Méjico, Argentina, Brasil, Francia, Portugal… En USA: Miami, Nueva York, Los Ángeles. También Londres, Roma, Atenas, etcétera…

Compartir esos viajes nos unía mucho como familia. Mis mejores recuerdos son conociendo esos lugares. Mi padre siempre lo repetía como un ritual: «Por estos momentos tan felices para todos, son los que nunca olvidaremos de ¡lo bello que es vivir! y la suerte que tenemos de poder disfrutarlos en familia».

A menudo, en el internado, tenía que recurrir a esos instantes pasados. Lo importantes que eran esos momentos en mi vida, fijos en mi retina, donde se mantienen ocupando un lugar privilegiado del cerebro. Los llamas internamente cuando te encuentras solo y desanimado. Vuelves a esos momentos e instintivamente surge una sonrisa al recordarlos. Son anécdotas, instantes, ocasiones que no volverán, que se quedan y se guardan. Cuantas más se tengan, más feliz se sienten las personas. Es algo en lo que mi padre incidía mucho. «Tiempo de calidad», lo llamaba.

El negocio iba tan bien que, además de la agencia de La Coruña, en dos años abrieron en Santiago de Compostela, Vigo, Orense y, finalmente, en Madrid. Mi padre apenas descansaba, pero era feliz trabajando y, sobre todo, ayudando a los emigrantes e involucrándose en todo lo que podía. Les facilitaba información de albergues, de sitios donde comer regentados por españoles —para que no se sintieran tan solos e hiciesen amigos—, de cómo llamar a España, la dirección y teléfonos de la embajada y del consulado, profesores españoles para que aprendieran alemán e incluso les imprimía una cuartilla con las palabras y frases más comunes en alemán.

En la mayoría de los casos, no sabían cuándo podrían regresar, así que les dejaban la vuelta abierta un año y, a través del socio alemán, Glap, tenían un contacto para poder volver y solucionar cualquier duda que tuviesen, porque hablaba perfectamente español, aunque con un acento alemán muy marcado.

Mi madre, Manuela, no había podido acompañarme al internado. Trabajaba de dependienta en una de las mejores tiendas de ropa de La Coruña, Galerías María Pita.

Si querías ir a la última moda o comprar las mejores marcas, tanto para mujer como para hombre, el mejor lugar, y el que tenía la mayor variedad, era sin duda Galerías María Pita. Al contrario que mi padre, era pequeñita, con el pelo y los ojos castaños, y la nariz chata como la mía. Hacían una pareja un tanto peculiar por la gran diferencia de altura.

Mi padre conducía con el ceño fruncido, fumando un cigarrillo Record que olía fatal. Tosía muy a menudo con esa tos ronca, del interior de su pecho, de ultratumba. Tardaba mucho en parar de toser. A veces, escupía por la ventanilla. Parecía que nunca terminaría y esa vez no era diferente.

Según nos acercábamos al internado, volvió a dirigirse a mí en tono serio.

—Te llevo avisando todo el año, Benito: la primera evaluación suspendiste tres asignaturas y en la segunda evaluación, ¡¡cinco!! ¡Qué demonios! Siempre te lo digo: tu única responsabilidad es estudiar y nunca habías suspendido. ¿No te das cuenta? Los estudios son lo más importante para tener un buen futuro y ¿sabes lo que me cuesta que estés en uno de los mejores colegios privados de La Coruña?

—Pues tú no estudiaste, papá, y te ha ido muy bien —le contesté.

—Hijo mío, he tenido mucha suerte en la vida y, gracias a una buena persona y amigo como Antonio, he podido progresar. Haberlo conocido ha sido algo que el destino me tenía preparado y doy gracias a Dios todos los días por ello.

«Lo que el Cielo tiene ordenado que suceda, no hay diligencia ni sabiduría humana que lo pueda prevenir», decía Miguel de Cervantes.

—Sin embargo, los conocimientos y la preparación son la base para tener un gran futuro y, aunque te guste pintar, eso es solo un *hobby*. Tienes la posibilidad de estudiar para ser alguien importante, preparado, bien formado y con un futuro inimaginable.

Eso me dolió.

—Papá, ¿quieres decir que grandes pintores como Picasso, Goya o Velázquez no fueron importantes?

—Benito, es muy difícil llegar a ser un pintor como ellos. No estás tomando en cuenta a los grandes pintores que murieron en la indigencia y la miseria, sin ser reconocidos por nadie: Van Gogh, el Greco, Rembrandt, Monet, Gauguin, Cézanne, muchísimos... Y tú tienes el privilegio de poder estudiar. Yo trabajo todos los días y los fines de semana para que puedas estudiar lo que quieras y te dediques a pintar como *hobby*. Primero estudiarás una carrera y no se hable más.

Cuando mi padre decía «y no se hable más», no se podía seguir hablando del tema, y de ese en concreto habíamos discutido en infinidad de ocasiones.

Deseaba que el colchón, que cada vez hacía más ruido, saliese volando, pero mi padre le había puesto varias cuerdas y lo había atado concienzudamente.

El internado Carlos Matas está a unos setenta kilómetros de La Coruña, en Pontedeume, un pueblecito pesquero de varios miles de habitantes, aunque en verano, por su enorme playa Cabañas y su *camping* también enorme, la cantidad de personas se triplicaba.

Carlos Matas tenía fama de ser un internado duro de obediencia, donde la mayoría de los padres sabían que la disciplina se arreglaba a base de unos buenos cachetes. Alguno de los padres ya lo decían al dejar a sus hijos: «Si hay que darle un cachete porque no estudia o se está portando mal, dénselo sin remordimientos». Iban los malos estudiantes, los que se portaban mal y los gamberros. La falta de autoridad hacia los padres, estos pretendían que se corrigiera en el internado... «Yo no te doy una bofetada, pero dejo que los profesores te la den, porque de alguna forma la mereces». Eso era lo que pensaban la mayoría de los padres.

Yo había pasado el mejor año de mi vida junto a Graciela y cualquier castigo era insignificante porque había sido inmensamente feliz. Contento, afortunado, enamorado, me daba igual cualquier reprimenda... Aislarme, encerrarme, olvidarse de mí, nada importaba. Todo había valido la pena porque mi felicidad fue inmensa y nada ni nadie podía borrar de mi memoria ese año en Santa María del Mar como el mejor año de mi vida. El más intenso, repleto, en el que todas las mañanas me despertaba antes de que sonara el despertador, alegre, con una fuerza interior que hacía que la energía brotaba sin cesar. Con ganas de vivir el día como nunca había tenido. Sentía mi corazón palpitar como campanadas de potencia que me llenaban de vitalidad.

Esas ganas influyeron en mi forma de pintar y conseguí hacer lo que me había parecido imposible. Los trazos, la mezcla de colores en la paleta salían de mis manos de una forma espontánea, inconsciente. No necesitaba realizar un primer boceto en carboncillo o en lápiz; directamente, pintaba y me salía perfecto, en armonía. La luz, las sombras, la perspectiva, los contrastes, los colores; absolutamente todo proporcionado, insuperable, intachable. Yo mismo me fascinaba de mi forma de pintar, era como si alguien estuviera dirigiendo mis dedos y mis pensamientos, así que el peor de los castigos o cientos de latigazos no me hubieran importado lo más mínimo. Lo único adverso era que había descuidado totalmente los estudios y estaba acercándome a mi castigo del internado. Al menos tenía un amigo, Manín (Manuel), que había suspendido y sus padres, que eran amigos de los míos, también decidieron enviarlo al internado Carlos Matas.

Las cuerdas del colchón seguían sonando y ya solo faltaban diez kilómetros para llegar a Pontedeume.

—Espero, Benito, que te esfuerces en estos dos meses para aprobar todo y no tener que repetir curso. Con todas las horas de estudio que vas a tener, tienes que aprovecharlas, ¿de acuerdo?

—Sí, papá, estudiaré mucho. Si apruebo, ¿podré volver el año que viene a Santa María del Mar?

—Primero aprueba y ya veremos. Este internado te va a venir muy bien.

—No digo que no, pero, papá, yo prefiero estar con vosotros en casa.

—Llevas dieciséis años en casa y ya va siendo hora de que valores todos los privilegios que tienes. Yo a tu edad ya llevaba trabajando varios años y llevaba dinero a casa para poder comer.

—Papá, eran otros tiempos.

—Por supuesto que sí y mucho peores que los de ahora, que se os da de todo y no apreciáis ni valoráis las cosas de tanto que tenéis. Después de la guerra, un simple mendrugo se repartía y no quedaban ni las migajas. Ahora se tira la comida, aunque hay millones de personas que se mueren de hambre en el mundo. Por eso sabes que me molesta muchísimo que no comáis lo que se os pone en el plato y, si no queréis tanto, lo decís al principio. Menos mal que en nuestra casa no desperdiciamos nada. Es para sentirse muy mal que la gente tire la comida. Lo ves en los restaurantes, dejan la mitad del plato diciendo que están llenos, y en casas donde se desperdician kilos de comida. Es un sinsentido, nos hemos vuelto inhumanos. Hay millones de personas que se mueren de hambre. El que ha sentido hambre en su vida nunca se olvida de lo que ha pasado y lo que es no tener nada que llevarse a la boca.

El internado era un edificio de ocho plantas, con un patio exterior de tierra que, a un lado, tenía una cancha de baloncesto y al otro, una portería. Es decir, no podías jugar partidos ni de fútbol ni de baloncesto, aunque en la mitad de la cancha se habían clavado unos palos de medio metro para poder jugar un pequeño partido de fútbol. Todo estaba rodeado de una muralla de ladrillos de más de cuatro metros de alto y había un bosque alrededor, excepto en uno de los lados del patio, que daba a un edificio de pisos en el que, en la planta baja, existía un supermercado. En el lado opuesto al edificio, en la otra esquina del patio, había una garita de tres metros de alto, con una superficie de varios metros, donde se concentraba toda la electricidad del internado, con una pequeña puerta y con una señal de un hombre con un rayo que lo cruzaba y las palabras «¡Peligro alto voltaje!».

Los cursos que impartían clases iban desde octavo de EGB hasta tercero de BUP, un total de ciento veinticinco internos. Todo lo hacíamos en el mismo edificio. La planta baja tenía el comedor, el salón de actos y el gimnasio, en las tres primeras plantas estaban ubicadas las clases y en las cuatro siguientes, los dormitorios. Los había de dos, de tres y de cuatro camas. La mayoría era de dos camas.

Siempre he pensado que los números impares son mejores que los pares. Si de mayor tengo hijos, me gustaría que fuesen tres, porque de esta forma no es la mitad para uno y la otra mitad para el otro, o uno primero y el otro después. En los impares hay que dividir más las cosas y, sobre todo, existe siempre una tercera opinión que balancea y equilibra mucho más todo.

Había casi treinta habitaciones por planta, una sala cuadrada con dieciséis duchas —sin separaciones, sin intimidad— y en otra alargada, diez lavabos con diez retretes en frente.

Al llegar, tras despedirme de mi padre, después de dejar el colchón, nos recibió el jefe de estudios, Vicente Gómez, que nos impartía clases de Educación Física sin tener ningún título. Había sido boxeador —o, más bien, esparrin malo de algún boxeador—. Tenía la nariz hundida, como la mayoría de los boxeadores, con los pómulos y la mandíbula muy grandes y marcados, y bolsas enormes debajo de sus ojos pequeños. Las bolsas eran como canicas alargadas, parecía que le iban a explotar. Su color de pelo negro era un tanto extraño. Decían que se teñía. Su barrigón era tan tremendo que le costaba doblarse para atarse los zapatos y se ponía colorado al hacerlo. No paraba de beber, comer y fumar. Aunque nos daba clases de gimnasia, él no se movía; hasta fumaba en el gimnasio mientras nos hacía dar vueltas corriendo.

Rápidamente, le dijo a mi padre que se encargaba él desde ese momento. Yo creo que mi padre quería ver mi habitación y ayudarme a subir el colchón, pero Vicente lo cortó en seco.

—Desde aquí, señor Buendía. Ya me encargo yo de alojarlo.

—Hijo, aprovecha el tiempo estudiando, recupera todo lo que perdiste durante este año. Vendremos el domingo para salir a comer —me dijo.

—No te preocupes, papá, que estudiaré y aprobaré. Nos vemos el domingo. ¿Vendréis mamá, María y tú?

—Sí, vendremos los tres. Comeremos algo rico por aquí. Dame un beso.

—Papá, te quiero.

—Y yo también, hijo mío, pórtate bien.

—Benito Buendía, cojamos el ascensor —me dijo Vicente.

En el ascensor, Vicente cambió su tono y su semblante. Fue más contundente, más autoritario.

—No se utiliza ¡nunca! el ascensor, a no ser que sea una urgencia extrema. Los alumnos suben y bajan todos los días por las escaleras. Coge tú el colchón, que yo te ayudo con la maleta.

Apenas podía yo solo con el colchón y Vicente ni siquiera hizo un amago de ayudarme.

—Aquí hay unas reglas básicas que ya tienes que conocer. Cuando suena la sirena del patio, todo el mundo en fila y, cuando suena el timbre de tu planta, hay que estar de pie preparado delante de tu cama. ¿Entendido, Buendía?

Me molestaba que utilizaran mi apellido de guasa. Menos mal que no había dicho la típica gracia de llamarme Bendito como por equivocación o adrede, como lo habían hecho muchos profesores al pasar lista. Así que le dije:

—¿Qué se considera urgencia extrema para poder coger el ascensor?

—Solo lo volverá a coger cuando se marche con su maleta. Si no ha suspendido o no ha tenido ningún aviso durante la semana, su padre ya ha dicho que no saldrá, salvo los domingos para comer —me contestó.

—¿Y qué es un aviso?

—Cuando algunos de los profesores o yo entendamos que se ha portado mal… Ya se irá dando cuenta.

Me dio la impresión de que eso de los avisos no era nada bueno.

—Ya hemos llegado.

El pasillo estrecho, amarillento —antes blanco—, estaba desconchado, con humedades y tenía suciedad de manos y alguna marca de iniciales y año arañada sobre la cal de las paredes. El suelo era de baldosas blancas y frías. A todo le faltaba una buena mano de pintura: techo, paredes y puertas. Un olor rancio y a humedad lo invadía todo.

—Habitación 624. Como ve, ninguna puerta se puede cerrar, ni por dentro ni por fuera, ni siquiera en los baños, así que llame siempre antes de entrar. Noc, noc.

»Su primer compañero también es nuevo y ha llegado esta mañana. Se llama Diego Martínez.

»A las nueve se cena ¡siempre! y el bocadillo se reparte a partir de las seis. El desayuno es a las ocho y la comida, a las dos. Oiréis siempre antes la sirena del patio para poneros en fila en la comida, merienda y cena. Adiós —me dijo.

—Hola, soy Benito, pero casi todo el mundo me llama Ben o Beni.

—Yo soy Diego.

—¿De dónde eres?

—De Santiago. ¿Y tú?

—De La Coruña. ¿Por qué estás aquí?

—Pues, aparte de suspender seis asignaturas, me apasiona el fuego. No sé, me gusta ver arder cosas… y sin querer quemé el perro de mi madre, un cocker marrón. Bueno, ahora ya no es tan marrón, más bien, negro… Pero lo apagué bastante rápido y al perro no le pasó nada. Bueno, solo quedarse sin pelo, ¿y tú?

—Por suspender cinco, ¿también eres de segundo?

—Sí, dicen que aquí se aprueba muy fácil.

—Eso espero porque yo no quiero repetir.

—Ni yo tampoco.

En el internado nos levantábamos muy temprano, teníamos menos de media hora para arreglarnos. Nos duchábamos en turnos de dieciséis y en cada turno el agua caliente duraba unos minutos; a partir de ese momento, mejor que no tuvieras jabón porque te aclarabas en agua fría.

Vicente se encargaba de supervisar los turnos de las duchas para que lo hiciéramos con celeridad. Su mirada era constante, penetraba en nuestros cuerpos y nos observaba de una manera extraña. Diariamente nos decía que nos frotáramos fuerte, parecía como si le molestara que tuviéramos espuma. No paraba de contar los minutos que llevábamos. El momento de la ducha había dejado de ser placentero para convertirse en un tormento desagradable.

La comida era bastante escasa y pobre. En el desayuno había dos tostadas con mermelada y una especie de

Cola-cao barato. De comida, guisos, legumbres, pasta —principalmente, macarrones que ni siquiera sabían a tomate porque apenas tenían y eras un agraciado si te tocaba chorizo—, tortilla dura como una piedra —yo estaba acostumbrado a tomarla poco hecha, era como me gustaba, pero la del internado era un mazacote que necesitabas el cuchillo para partirla—. Y todo lo demás, frito: chuleta de cerdo, huevos, patatas, salchichas, pollo... De postre, una fruta. Normalmente, manzana y, de vez en cuando, plátanos.

Fui conociendo a la gente. Mi amigo Manín me fue presentado a muchos de los alumnos. La gente se peleaba por tonterías o para imponer respeto. Yo creo que el estar encerrados no es bueno. Nunca había tenido la sensación de falta de libertad. Se valora más lo que hay fuera. El tiempo pasa más despacio, como si se detuviera, quizás por la monotonía. Intentas evadirte pensando lo que estarías haciendo fuera, te frustras de no poder hacerlo, te desesperas estando encerrado. No poder salir te cierra la mente como si te apagaran la luz, como si fueras un león enjaulado que da vueltas al patio sin sentido, mirando al infinito, con el pensamiento que quiere volar.

Los tíos que había en el Carlos Matas eran por lo general gamberros. La mayoría tenía apodo: el Vaino —porque sus padres tenían una frutería—, Buitre, Buitrón, el Castañas, el Gorras, el Porreta, el Pelines, el Tigre, el Galletas, Chocolate, el Guinda, el Sopitas, el Muelles, el Pollo, el Melón, el Lechuza, el Risitas, el

Petacas... muchísimos apodos. Nunca en mi vida había conocido tantos motes. Detrás de cada mote siempre había una historia o simplemente te lo empezaban a decir todos y era mejor que lo asumieras, como le pasó a mi compañero de habitación, Diego, que en seguida le pusieron el mote de «Quemao». Todos los internos, al cabo de un tiempo, se sentían quemados y aburridos. Ninguno quería permanecer en ese lugar.

Yo me libré de broncas y peleas gracias a mi amigo Manín, que sabía pelear; le tenían mucho respeto. Se había pegado y tumbado con tíos más grandes que él, porque daba unos pelotazos y unos golpes muy rápidos sin que al oponente le diese nunca tiempo a reaccionar. Siempre me decía: «Si vas a pelear con alguien, sé tú siempre quien da el primer golpe, cuando menos se lo espere, incluso hablándole tranquilamente, sin darle tiempo a reaccionar». A mí no me gustaban nada las peleas. Era muy delgado y pensaba que las peleas eran de personas ignorantes que no sabían llegar a entenderse hablando. Odiaba la violencia.

Las clases comenzaban temprano, comíamos y, sin un respiro para nada, continuábamos por la tarde y, para rematar el día, dos horas de estudio antes de la cena. Todo intenso, sin tiempo. La monotonía de los días iguales hacía sentir que cada instante ya lo habías vivido. Y, en realidad, lo habías hecho.

Las asignaturas eran demasiado fáciles. Seguíamos los libros sin profundizar, sin necesidad de memorizar, pasando por encima, ignorando muchas cosas, algunas importantes. Todos los profesores eran muy estrictos en disciplina, pero imprecisos en enseñar.

Las únicas excepciones eran las profesoras, que no utilizaban la violencia y estaban comprometidas con sus asignaturas, como la de Inglés, la señora García —de unos cincuenta años, había estado en su juventud en Inglaterra; estaba casada, tenía dos hijos mayores y vivía en Pontedeume con su marido pescador—. Los internos, al conocer las debilidades de las profesoras —que solo te castigaban poniéndote de cara a la pared y algún aviso si te portabas mal (y llamo «portarse mal» a hablar varias veces en clase)—, se crecían en estas clases comportándose mal. Era injusto. Siendo las mejores profesoras y las que mejor te trataban, eran a las que menos respeto se les tenía. El que solo espera violencia, cuando no la hay solo sabe ofrecer violencia. La mayor excepción y mejor persona era la señora Rodríguez, que impartía clases de Religión. Una viejecita de más de sesenta años, viuda y sin hijos, que no oía nada y veía aún menos. Tenía unas gafas de culo de botella y unos audífonos que, de repente, empezaban a sonar en clase. Todos nos reíamos y ella ni se enteraba. Era la clase más divertida con diferencia.

El resto de los profesores estaban tristes, amargados, apáticos, cansados de enseñar, sin ganas de transmitir conocimientos. Vi por primera vez lo que significaba no tener vocación. Les importaba poco que los alumnos aprendieran. Tenían la mala costumbre de pegar —lo hacían con una regla en la punta de los dedos o te daban capones— o te ponían mirando de cara a la pared con libros en cada brazo. Aunque el peor de todos, con diferencia, era Vicente Gómez, el jefe de estudios, el único que vivía en el internado, en la exclusiva habitación que tenía llave, lavabo y ducha incluidos.

Vicente pegaba si, después de decir la palabra «silencio» y apagar todas las luces a las once en punto, alguien hablaba o se reía. A la mínima que podía, te zoscaba. Llevaba una vara, o a veces una regla, con la que se paseaba por los pasillos sigilosamente... Disfrutaba, se divertía pegando. Debía de querer devolver de alguna forma todos los golpes que recibió como esparrin. Le daba igual la edad que tuvieras, aunque me fijé que con los más débiles se ensañaba más. Ya por las mañanas, a los que se quedaban remoloneando en la cama, si no estaban enfermos, los zurraba y encima les decía con sorna: «Para que ya estés calentito desde primera hora».

Pasaron los días y comencé a realizar algún retrato en el poco tiempo libre que teníamos, para que mis manos no se olvidaran de que lo que más me gustaba era pintar. La mayoría eran de fotos que tenía de Graciela, aunque también hice un retrato a lápiz de mi hermana. Algún chico mayor siempre merodeaba. Como el Buitre. Me vio pintando y me dijo que lo retratase. Lo hice y, con su figura favorecida, rápidamente se corrió la voz.

Fueron muchos los internos que pretendían que los retratase, había que pararlo de alguna manera. Hablé con mi amigo Manín, que dijo en voz alta: «A partir de ahora, si quieren que Beni les haga un retrato, son mil pesetas» y ya no tuve que hacer ninguno más. Bueno, solo uno más, a Manín.

Los fines de semana, los estudios continuaban ocupando demasiadas horas del día. Ese era el momento de los capones, Vicente los daba sin parar. Muchos intentaban dormir fingiendo que estudiaban, pero él iba haciendo la ronda y te pillaba la mayoría de las veces, a no ser que un compañero te diera un toque para despertarte antes de que él pasara, aunque, por lo general, nadie te decía nada. Todos esperaban atentos al capón, que nos hacía reír —aunque no podías reírte porque, si lo hacías, tú también te llevabas uno—. A veces era tan gracioso que daba unos cuantos capones seguidos, la risa es contagiosa y las caras de los que se quedaban dormidos eran de sorpresa, de susto y divertidas.

La gente se aburría demasiado, tanto que hacía cosas que nunca me hubiese imaginado. El Buitrón, que todos sabíamos el porqué de su apodo, hizo en ¡solo dos semanas! un agujero de unos ocho metros de largo que daba al bosque, totalmente camuflado con ramas, cartones y tierra, que volvía a poner cada vez que salía y lo utilizaba. En el bosque había un montón de gatos, había basuras cercanas. Pues al Melón, que tenía la cabeza como su apodo, se le ocurrió coger uno de esos gatos y meterlo en la garita del patio, donde se concentraba toda la electricidad del internado, con la colaboración del Buitrón, que hizo un agujero y lo tapó perfectamente para que no se notara nada. Mezclaba la tierra seca del patio y era imposible detectar que se había hecho un agujero. Al día siguiente de haber metido el gato, nada más comenzar el estudio por la tarde, se apagaron todas las luces del colegio. Vicente, extrañado, salió hacia la garita del patio:

—¡Quedaros todos en vuestro sitio!

Algunos empezaron a gritar: «¡Gato, gato, gato!», y nos reíamos sin parar. Fue muy divertido. Por supuesto, no tuvimos estudio y esa noche cenamos con velas. Estábamos súper alterados, regocijados, encantados. Habíamos conquistado algo nuestro, quizás un destino que nos pertenecía.

Al día siguiente, cuando vinieron los operadores de electricidad, sacaron al gato, que parecía una piel seca totalmente quemada. Vicente miró alrededor de la garita y no entendía cómo el gato se había metido dentro.

Los días iban pasando y mi única ocasión de evadirme de los estudios y del internado era los domingos, cuando mi padre, mi madre y mi hermana iban para salir a comer. Mi padre era una persona muy organizada, siempre tenía mesa reservada en sitios con una comida riquísima. Además, pedía marisco de primer plato: centollas, cigalas a la plancha, gambas... Algún día, percebes, si estaban a buen precio y eran de un tamaño adecuado, porque en verano se llenaba de turistas. Pero mi padre conocía unos sitios auténticos…, no sé cómo los conseguía.

—Siempre por amigos —me decía.

De segundo plato, un pescado rico o un chuletón era lo que pedía. Los siguientes días me podía relamer pensando en los sabores que había degustado.

Los dos primeros domingos fui solo, pero al tercero le pregunté a mi padre si podía acompañarnos algún amigo, a lo que no puso objeción. Al contrario, le encantó la idea. Para mí era una buena manera de hacer amigos, así que, además de a Manín, llevé al Galletas, un chico gordito de pelo moreno y cara redonda, que también había estudiado en Santa María del Mar. Lo llamaban así porque su familia tenía una fábrica de galletas, Galletas Marola, y todas las semanas le enviaban una caja enorme desde la fábrica. Gracias a esas galletas no pasábamos hambre, a él le sobraban y compartía con todos nosotros (la comida era más bien escasa y en pocas cosas te dejaban repetir, solo en lo que sobraba: lentejas, garbanzos, tortilla…). «Galletas Marola, no te comes una sola», así estaba escrito en todas las cajas.

A otro que llevé a comer con mi familia fue al Lechuza. Lo llamaban así porque sus ojos eran negros, enormes, parecía que miraban uno para cada lado. Su nariz también era grande, tipo aguilucho, marcaba su enorme tabique nasal. Era moreno y tenía pelo lacio y barbilla afilada. También había estudiado en Santa María del Mar.

No podía llevar a cualquiera que no tuviera un mínimo de modales y lo que, sobre todo, era muy importante para mi padre era que fueran amables. La amabilidad, decía, es la más importante cualidad, la que define realmente a un buen hombre. Si uno es amable en la vida, ¡siempre le va a ir mejor! porque haces más feliz a la persona a la que le estás pidiendo amablemente algo. Y porque uno debe sentirse bien siendo amable.

En este caso, mi padre estuvo más contento porque conocía, por la agencia de viajes, a los padres del Lechuza. Bueno, Miguel Ángel era su nombre. Sus padres se llamaban señores de Miranda, Jaime y María Luisa. Nada más sentarnos a la mesa, noté a mi padre con ganas de hablar con el Lechuzas:

—Miguel Ángel, entonces, ¿tus padres, bien? Qué buena persona es tu padre, Jaime. Hace meses que no los veo, dales un fuerte abrazo de mi parte. Y tú, ¿qué tal en el internado? —preguntó mi padre.

—Bien, aunque nos pegan demasiado...

¡No me lo podía creer! Pensar que este tío lo primero que iba a decir era eso..., casi me atraganto con un vaso de agua. Mi madre estaba que se le salían los ojos y mi hermana pequeña me miraba a mí porque no entendía nada.

—Pero ¿quién os pega? —preguntó mi padre también con cara de póker.

—Pues, los profesores…

—Pero ¿por qué? ¿Qué os hacen? —preguntó.

Yo no podía darle una patadita por debajo de la mesa, estábamos muy alejados uno enfrente al otro. Le estaba poniendo cara como de que se callara, abriendo los ojos y negando con la cabeza, ya que mis padres no sabían nada de que se pegaba en el internado, y todos dirigieron sus miradas hacia mí.

—¿Es esto cierto, Benito? ¿Por qué no nos has contado que los profesores os pegan en el internado?

—Bueno, papá, a mí no me lo han hecho, solo un par de capones… Es a lo que se refiere Miguel Ángel… ¿A que sí, Miguel?

—Sí, a eso me refería.

Mi padre no estaba muy convencido de mi respuesta, así que siguió preguntando:

—¿Solo capones, Miguel Ángel?

—Bueno, Vicente Gómez, el jefe de estudios, también nos pega con una vara y una regla.

—Ah, ¿sí?

—Sí, bueno, que lo cuente Beni, que también lo ha visto.

—Sí, papá, Vicente, a la mínima, te da un capón o con una regla en las manos o en el culo.

—No me gusta que la educación se arregle con violencia, aunque seguro que a los que se lo hacen, tendrán siempre algo de culpa —dijo mi padre.

Mi padre únicamente me había dado algún azote en el culo cuando era pequeño por alguna trastada. Solo me acuerdo de dos buenos azotes, cuando pinté completamente mi habitación y a mi hermana.

Por una parte, quería que el internado pareciese un sitio malo, para que a mi madre se le rompiese el corazón y convenciese a mi padre de dejarme solo durante el verano.

—La verdad es que este internado tiene un nivel muy bajo de estudios comparado con Santa María del Mar —comenté.

—Pues a ver si apruebas todas, que te recuerdo que son cinco —saltó mi padre rápidamente.

—Si las apruebo, ¿podré volver a Santa María?

—Pero ¡las cinco!

—Sí, las cinco, papá.

—De acuerdo.

Tenía que aprobar. Me apliqué en cuerpo y alma, aunque las asignaturas eran difíciles: Mates, Lengua, Geografía e Historia, Física y Química y Educación Física, la única «María».

Si aprobaba todo, estaría de nuevo en Santa María del Mar. Me dediqué a estudiar a todas horas, nunca había estudiado tanto en tan poco tiempo. Aprovechaba cada momento, lo exprimía al máximo dedicándolo a Matemáticas y al resto de asignaturas, hasta iba al baño con algún libro.

El tiempo pasaba despacio, pero un sábado a mediados de agosto todo cambió.

Es sorprendente cómo algunos acontecimientos pueden cambiar la trayectoria de tu vida y tu destino. Momentos en nuestras vidas que parecen insignificantes, pero que alteran para siempre la trayectoria de tu vida.

Decía Haruki Murakami: «El destino se lleva siempre su parte y no se retira hasta obtener lo que le corresponde».

El Lechuza, Risitas, Manín y el Vaino me propusieron salir a conocer el bosque. Yo nunca había estado y muchos de los alumnos ya lo conocían. Era sábado por la tarde y, sin pensármelo dos veces, fui con ellos. El bosque era bastante frondoso y esa tarde hacía mucho viento, lo cual dificultaba tapar bien el agujero para colocar las ramas y los cartones. Nos dio igual, nadie iba a ir a esas horas a esa apartada zona del patio.

El Lechuza lo vio primero: era un panal inmenso, el doble de una pelota de fútbol. Manín y Vaino, en un acto reflejo, buscaron piedras. La primera la tiró Manín y pasó cerca del objetivo; la segunda, el Vaino, que también falló. Pero a la tercera, Manín lanzó una buena piedra que impactó de lleno en el panal y lo partió por la mitad. No me dio tiempo a decir nada… En menos de un segundo, miles, millones de abejas salieron enrabietadas a por los que les habíamos destrozado su hogar. Una nube negra de abejas que volaban hacia nosotros furiosas. Corrimos. Las teníamos encima. Nos picaban la cabeza, las manos, la nuca, la cara, los brazos…

Aguijones furiosos que acribillaban. Sentía el escozor en la nuca, hinchazones que abrasaban. Movía las manos para intentar alejarlas mientras corría, todo inútil.

El agujero era nuestra única escapatoria. Las despistaríamos, taparíamos el agujero, dejarían de seguirnos… pero volaron por encima del muro y atacaron al resto de los internos, que jugaban en el patio. Vicente fumaba. Le cambió la cara al ver la negra nube que volaba hacia él. Se refugió rápido en el gimnasio, nunca lo había visto correr.

Se montó una buena. La mayoría de los internos sufrieron picaduras y Vicente, también. Solo el Sopitas —lo llamaban el Sopitas porque se enfermaba mucho, era un chico muy delgado y débil, y le gustaban mucho las sopas— era alérgico a las picaduras y a un motón de cosas. Las pastillas para las picaduras las tenía en su habitación. Corrió y utilizó el ascensor. Volaban por todas partes, picaban a todo lo que se movía, acribillando a todos. Por fortuna, el Sopitas llegó a su habitación antes de que fuese demasiado tarde y que lamentásemos una tragedia mayor.

Vinieron las tres ambulancias del Samur de Pontedeume, había más de cien alumnos con picaduras. Al día siguiente, la noticia se imprimió en el diario del pueblo, salió en la emisora local y hasta en las noticias de televisión. Eran muchos los alumnos con picaduras. A mí, me picaron ocho, pero algunos chavales tuvieron más de doce. Cantamos rápido lo que había ocurrido, delatando a Manín y al Vaino, pero a partir de ese momento Vicente se obsesionó con nosotros cinco. Daba igual que ni el Risitas, ni el Lechuza, ni yo hubiésemos tirado piedras. Llamaron a cada familia y les dijeron que seríamos castigados con más horas de estudio y sin poder salir los fines de semana ni a comer. Menos mal que ya solo faltaban dos fines de semana para los exámenes y poder salir de ese espantoso internado.

Vicente, a partir de ese momento, no nos dejaba tranquilos ni un minuto. Nos provocaba, se mofaba delante del resto y a la mínima, sin apenas motivo, nos daba un capón. Le había molestado lo ocurrido y era rencoroso. Tuvo que hablar con los medios y los padres, y decir que no se sabía por qué habían atacado las abejas, aunque conocía perfectamente la razón.

De segundo a tercero de BUP se podía pasar suspendiendo dos asignaturas, aunque yo tenía que aprobar todo si no quería pasar el año siguiente en ese horrible lugar. Aprobé las cuatro asignaturas difíciles y la mayoría con buenas notas, excepto Educación Física. Vicente fue el único que me suspendió.

Fui a hablar con él, a rogarle, a suplicar, a pedir mil veces perdón, siendo súper amable, como mi padre me había sugerido siempre, pero nada sirvió. Su no era rotundo. Alegó que no había subido ni un metro por la cuerda y que también había fallado haciendo el ejercicio del potro. Aguantando mi ira, me mordí los labios y apreté los puños. Todo mi esfuerzo, en vano. Su mirada era de disfrutar, de maldad. Percibí su enorme rencor como un puñal en mi pecho. Era lo peor que me podía pasar, el año siguiente debería permanecer en el odioso internado.

Graciela seguía dando la vuelta al mundo y a mediados de septiembre recibí en casa una postal suya desde Hawaii.

Había sido el peor verano de mi vida. Mejor dicho, no había tenido verano. Por primera vez, que recordase, no nos habíamos ido la familia de viaje.

A la semana siguiente de terminar los exámenes comenzaron las clases en el internado.

El colegio Santa María del Mar está en una entrada hacia la Coruña, la que va pegada al mar, al lado de la ría. Las vistas son espectaculares. Se divisa la playa de fina arena blanca de Santa Cristina, con sus aguas de trasparente turquesa y olas que son surcadas por windsurfistas asiduos, que en verano e invierno surfean desafiando sus frías aguas y las rachas de viento que hacen ver volar las pequeñas embarcaciones.

El primer día de clase era un auténtico bullicio. Más de dos mil alumnos, desde guardería-párvulos hasta COU. En algunos cursos había hasta seis clases, aunque nunca se superaban los treinta alumnos por clase. El colegio es enorme y tiene unas instalaciones fantásticas, dignas para que cualquier atleta se inicie en ellas.

La mayoría de los deportes se pueden practicar. Hay un campo de fútbol de césped enorme, que a lo ancho tiene otras tres porterías en cada lado y está rodeado de una pista de atletismo de ocho calles y hasta con salto de agua. Dos canchas de baloncesto, una con canastas más bajas para los más pequeños y otra en las que se jugaban partidos de liga, con gradas alrededor, al igual que en el campo de fútbol. Dos pistas de tenis, una cubierta, también con gradas. Piscina interior cubierta, pista de hockey y un gimnasio enorme, que se puede dividir con biombos gigantes sujetos con rieles en el techo y en el suelo, para crear hasta cuatro clases enormes al mismo tiempo, con todo tipo de aparatos y máquinas de musculación. Hasta hay dos bañeras, para calor y frío, que se utilizan después de mucho ejercicio.

Los recreos eran para jugar y divertirse mucho. Siempre se hacían cortos, disfrutábamos cada día de un juego, lo pasábamos realmente bien. Yo había estudiado allí desde parvulitos y la mayoría de mis amigos y amigas iban a ese colegio: Pepe, Juan, Manín, Iñaki, Jacobo, Fernando, Javier, Mar, María, Lucía, Carmiña… Conocía a mucha gente y también a los profesores. Siempre había aprobado y era un buen colegio: exigente, grande, limpio y, lo más importante, la mayoría de los profesores intentaban transmitir sus conocimientos de la mejor forma que sabían. Unos mejor que otros, pero, en general, cuando alguien tiene esa actitud de vocación de enseñar, percibes que le agrada la materia, la difusión es amena… se hace todo más fácil y, aunque al principio no te guste la asignatura, el profesor puede hacerte cambiar la forma de ver esa materia y conseguir que te guste involucrándote a través del conocimiento. Muchos de los profesores del colegio lo conseguían, lo que significaba para mí sinónimo de buenos profesores. La mayoría tenían la vida solucionada con negocios o pisos en alquiler, lo que demostraba aún más su vocación de transmitir conocimientos.

En el enorme tablón de la entrada del colegio, aparecían todos los cursos y clases, con los nombres y apellidos de los alumnos que estaban en cada clase. Además, había cuatro dosieres plastificados con la misma información, para que todo el mundo pudiera ver a cuál clase lo habían destinado. Algunos de los padres consolaban a sus hijos pequeños, que lloraban enrabietados por separarse de ellos al ser la primera vez que iban al cole.

Yo miré mi curso y, como siempre, la adjudicación era por apellidos. Siempre me había tocado la clase A. Miré mi nombre y me fijé en el anterior, junto al mío: Graciela Buenafuente Cabrera. ¿Sería la hija de Buenafuente, el hombre más rico de España y de los más ricos del planeta?

Su imperio consistía en miles de tiendas de zapatos, que vendían en las ciudades más importantes del mundo, siempre a los mejores precios. Zapatos de todo tipo: casual, para ir bien vestido, para correr, para montaña, para jugar al golf y al resto de los deportes, todo tipo de botas, botines, zapatos de tacón, sandalias, zapatillas, zuecos, bailarinas, mocasines, alpargatas, badanas, francesitas, con plataformas para bajitos, para hospitales, para la policía, bomberos, pilotos, pescadores. Muchas profesiones tenían sus zapatos adaptados, diseñados para todos los gustos y todas las edades, aunque inicialmente empezó con unos zapatos para personas mayores, que patentó con una suela diferente y una horma especial que ayudaba a caminar mejor a la gente con problemas.

Las tiendas se llamaban Zapas y medio mundo calzaba alguno de sus miles de diseños. También había conseguido que artistas y famosos, mundial o localmente, realizaran diseños de unidades limitadas. Empezó fabricando en Elche, pero después construyó una fábrica enorme en Ferrol, en la que empleaba a más de cincuenta mil personas. En sus tiendas a nivel mundial, a más de cuatrocientas mil directamente.

La demanda era tan grande por sus zapatos que tenía subcontratadas fábricas en India, China y Vietnam, que solo podían trabajar para Zapas exclusivamente. Se encargaba de realizarles unos controles exhaustivos sobre los procesos de fabricación, de seguridad y, sobre todo, de que no pudieran existir copias, pero al mismo tiempo invertía en esas fábricas para buscar una mayor eficiencia en producción y en logística. Por su alto volumen de negocio, las multinacionales del deporte y el resto de las marcas temblaban cada vez que Zapas lanzaba un nuevo modelo a los diferentes mercados. Era la empresa líder en la mayoría de los países y cotizaba en bolsa desde sus inicios, lo que incrementaba los resultados de facturación y, por consiguiente, el precio de las acciones subía todos los años.

Una de sus fortalezas eran los certeros estudios de mercado que realizaban para conocer perfectamente los gustos, climatología y costumbres de cada país, y tener una eficacia muy alta en los países donde se lanzaba. Por volumen de negocio —fabricaba cientos de miles—, sus precios eran los mejores, los más competitivos y sus productos tenían la mejor relación calidad-precio.

Comentaba, en una de sus pocas entrevistas publicadas, que necesitaba saber antes que nadie las necesidades de cada cliente y siempre concedía a todos sus zapatos la prueba de tres meses para su devolución. Todo el mundo hablaba con admiración del imperio que Jacinto Buenafuente Cambón había creado, la riqueza que generaba. A mí también me fascinaba lo que había conseguido.

Mi madre me contó que antes de abrir su primera tienda, a principios de los setenta, trabajó unos meses en Galerías María Pita. Yo tenía pocos años y mi madre tuvo la oportunidad de ir a trabajar con él en esa primera tienda. Se lo pensó y le dijo que no, principalmente, por tener que estar agachada todo el día probando zapatos, oliendo a pies y porque le gustaba más la moda. Con frecuencia comentaba cómo ciertas decisiones pueden cambiar el destino de una persona para siempre, en uno o en otro sentido. Lo importante es tomar decisiones e intentar, una vez que se han tomado, no arrepentirse jamás ni mirar atrás. «Aunque se puede mirar hacia el pasado para aprender y ser mejor en el futuro, si uno se lamenta de algo, nunca conseguirá nada quejándose», comentaba mi madre.

«Cuando menos lo esperamos, la vida nos coloca un desafío para probar nuestro coraje y voluntad de cambio; en ese momento, no tiene sentido fingir que no ha ocurrido nada o decir que aún no estamos preparados. El desafío no esperará. La vida no mira hacia atrás. Una semana es tiempo más que suficiente para decidir si aceptamos, o no, nuestro destino», decía Paulo Coelho.

Me interesaba mucho el personaje de Jacinto, quizás porque no realizaba muchas apariciones públicas. Todo lo contrario, se alejaba de los focos, premios y alabanzas que le llovían desde todos los ámbitos. Todos querían hacerse una foto con Jacinto: presidentes de países, famosos, líderes mundiales, millonarios y un largo etcétera, pero él era tan reservado que, si tenía amistad con alguno o alguien lo visitaba, fuera quien fuera, nadie se enteraba.

Estábamos hablando delante de la puerta de clase con algunos de mis amigos y amigas sobre el verano. Mi padre nos había llevado a California, Los Ángeles, San Francisco y San Diego, la más bonita de las tres, donde mejor me lo pasé cogiendo olas que parecían fabricadas para aprender surfear.

—Sí, San Francisco es una ciudad muy bonita con demasiadas cuestas. El Golden Gate es espectacular. Me impresionó el gran terremoto de 1906, cuando los incendios posteriores arrasaron más la ciudad que el propio terremoto. La mayoría fueron provocados porque la gente no tenía aseguradas sus propiedades frente a terremotos, pero sí contra incendios.

»Visitamos la isla de Alcatraz, pero aluciné mucho más con la isla Ellis, en Nueva York, por cómo tienen todo documentado. Cada persona que estuvo allí, de dónde procedía, en qué barco había llegado... Hay fotografías de las personas e incluso conservan audios. Conservan películas desde los inicios del cine, que reconstruyen a la perfección cómo los recibían y cómo vivían.

En ese momento que estaba hablando la vi por primera vez. Me quedé paralizado mirándola como si estuviera contemplando el amanecer. Era alta y delgada, con un pelo largo rubio castaño que le llegaba casi a la cintura. Ojos verdes, nariz prominente, de cara estirada, mandíbula marcada, morena de piel. Se cruzaron nuestras miradas como si una atracción las llamase. Fueron unos segundos, mientras dudaba de si esa era su clase con una amiga, a la que oímos que despidió diciendo:

—Después nos vemos, Marisa —dijo ella y pasando al lado de nosotros entró en clase.

No sabía si era ella, ya que su padre no la dejaba aparecer en ninguna foto ni en reportajes. Mis amigos se dieron cuenta e Iñaki dijo:

—¡Ni que hubieras visto a un fantasma! Es la hija de Jacinto Buenafuente. No está tan buena, le faltan tetas y culo y, si le quitases el moreno y todo ese maquillaje, la verías muy distinta. Eso sí, es un braguetazo..., el tercero del mundo, y te aseguro que zapatos nunca te faltarían.

Nos reímos y entramos en clase.

El profesor y tutor era Francisco Roura, profesor de Lengua y Literatura. Ya nos había dado clases el año anterior. Hizo un discurso como tutor principalmente para los nuevos alumnos y explicó que, ante cualquier problema con profesores o dudas, estaba él para ayudar en lo que necesitaran. Lo primero que hizo fue pasar lista y decir que nos sentásemos en todas las clases de igual forma. Por mi apellido estaba justo detrás de Graciela, algo que ya estaba pensando que era más que una coincidencia.

No sé si ya antes de conocerla, sin ni siquiera haberla visto, sentía algo por ella. Imaginaba una vida fácil pintando, viajando por el mundo, viviendo en lugares exóticos. En eso estaban mis pensamientos.

Desde segundo de BUP no se llevaba uniforme. Ella llevaba una camisa blanca de seda, un pantalón y un jersey negro de cachemir sobre los hombros. Yo, justo detrás, miraba por los lados para intentar ver su sujetador, que debía de ser blanco porque apenas podía distinguir su forma. Vi que tenía un pelo marrón de perro en el jersey. Lo cogí tocándole el hombro y mis primeras palabras fueron:

—¿Qué perro tienes? —le dije, enseñándole el pelo.

—Tengo muchos... —Dándose la vuelta, cogió el pelo de mi mano—. Este debe de ser de Lisca, es un cocker, aunque también puede ser de mi labrador chocolate, Nana —me dijo.

—Soy Benito, encantado de conocerte.

—Yo Graciela, ¿tú también tienes perro?

—Sí, un pastor alemán, se llama Jasper. Es muy listo. Si me escondo, es capaz de encontrarme a kilómetros —le dije.

Era cierto, podía seguir mi rastro y siempre me encontraba.

—Eso me gustaría verlo. Me encantan los animales, creo que son más buenos que muchas personas. Adoro los perros. En casa tenemos seis y en la finca tenemos animales de todo tipo —me dijo.

—Señores Buendía y Buenafuente, dejen sus tertulias para el recreo —nos recriminó Francisco.

Se puso colorada, difícil de apreciarlo por su moreno tono de piel.

Ya en el recreo no la dejé ni un minuto. Le presenté a mis amigos y ese día comimos juntos en el comedor con la única persona que ella conocía, Marisa. Uno de mis amigos, Iñaki, también tuvo esa percepción física con Marisa, cuando dos personas sienten algo entre ellos.

Le enseñé todo el colegio, las instalaciones, a muchos alumnos y profesores, e incluso el bar Araujo, que estaba a pocos metros del colegio, donde hacían los mejores bocadillos de calamares y de pulpo. Compartimos uno de calamares que, como siempre, estaba buenísimo. Me dijo que el local olía un poco a fritanga. Yo nunca me había percatado del olor.

A los dos días quedamos para pasear a los perros. Ella vivía en un chalet enorme en Ciudad Jardín, una de las mejores zonas de La Coruña, casi enfrente del estadio de Riazor y de la playa. Yo vivía desde que nací en un modesto piso en la calle Linares Rivas, de unos ciento cincuenta metros, desde donde a lo lejos se veía el puerto. Era una buena situación, estaba a algo menos de media hora andando hasta su casa.

Dormía pensando en ella, intentando preparar conversaciones para conocernos más, que sintiera interés por mí, pero notaba en ella una superficialidad que no entendía. Cuando le hablaba de temas profundos de pintores, o de libros fascinantes de los que había aprendido mucho, o de momentos estelares de la humanidad era como si no le importase, como si su pensamiento estuviera en otras cosas más bien banales. Sin querer profundizar, cambiaba de tema como una abeja que va de flor en flor. Me desconcertaba su pasividad, pero no veía nada malo en ella. Al contario, quería saber lo que pensaba en cada momento.

Quedé con ella en pasarme por su casa a media tarde para pasear a los perros, quería conocer a mi perro Jasper. Su chalet era de nueva construcción, enorme, con una muralla de piedra y unos chopos gigantescos que no dejaban ver nada de la casa, lleno de cámaras e incluso con una garita de seguridad al lado de la puerta principal. Dos personas en un coche, enfrente de la casa, vigilaban a distancia cualquier movimiento.

Pregunté por ella y al momento salió con un perro husky. Estaba guapísima con unos vaqueros, una camisa roja y unas zapatillas blancas de correr. Yo llevaba a Jasper y mi libreta pequeña de dibujo, donde tenía a lápiz y a carboncillo más de cuarenta páginas de momentos, caras, ojos, perfiles, bocas, personas y lugares que había dibujado. No lo enseñaba, era como un tesoro mío que no compartía con nadie.

—Hola, ¿cómo se llama este precioso husky? —pregunté.

—Hola, se llama Rin —me contestó.

—¿Y en verano no tiene mucho calor?

—En verano lo dejamos dentro. ¿A dónde vamos?

—A la playa, por el paseo marítimo hasta la torre de Hércules.

—¿Hasta tan lejos? Eso son por lo menos cinco kilómetros —me dijo.

—Bueno, si quieres, paramos antes, pero no es tanto. ¡Qué exagerada eres! —le dije.

A mí no me importaba andar, al contrario, muchos días salía a correr por el puerto. Me despejaba la mente, me hacía sentirme bien conmigo mismo y también siempre dormía mejor. Me gustaba mucho contemplar los barcos, el movimiento de las grúas al descargar mercancías, percibir los diferentes olores de las descargas: a salitre, pescado, afrutados, maderas, metales, el perfume de las algas, el olor de las redes....

Fuimos caminando por el paseo marítimo de la playa de Riazor y en la siguiente playa, la del Orzán, soltamos a los perros. Parecía que se conocían desde cachorros. Nos sentamos en unas rocas. El olor a salitre y una lluvia fina casi imperceptible lo impregnaban todo.

Le pedí que se estuviera quieta un minuto, saqué mi libreta y mi lápiz. Se sorprendió mucho de que me pusiese a dibujar y al instante quiso ver lo que hacía. Le pedí que no se moviese, que me diera diez minutos. No paraba de hacerme preguntas sobre la pintura y le tuve que decir en varias ocasiones que dejara de moverse.

Los perros jugaban corriendo por la arena uno detrás del otro, ajenos a todo.

La paciencia no era su virtud. Mis trazos empezaron a dibujar su cara de perfil con el mar de fondo. Al cabo de veinte minutos lo tenía casi terminado. Me sorprendió lo bien que había quedado, mejor que en otras ocasiones. Había realzado lo más bello de la persona y lo había hecho casi sin darme cuenta. Mis dedos trazaron unas líneas en armonía, sublimes, trazos en equilibrio, sencillos, proporcionados, que hacían que los ojos detuvieran el tiempo para disfrutar.

Quiso ver toda mi libreta y le comenté cada uno de los dibujos realizados. Le fascinaron... Me miraba con cara incrédula, como si yo no pudiera haber dibujado esos bocetos. Le encantaron los de mi hermana. Le dije que tenía una serie en mi casa en la que estaba realizando gimnasia. Los quiso ver impacientemente.

Ya no nos separábamos, ni en clase, ni en los recreos, ni en el comedor, y todas las tardes salíamos a pasear a los perros. Era como un imán para mí, el más atrayente. Solo estaba pendiente de ella. Me acercaba por detrás en mi pupitre para decirle cosas al oído y también para poder olerla. El tiempo se detenía mezclado en las fragancias, las mismas que me nublaban los pensamientos para recordar momentos felices llenos de sabores, como cuando hueles esas gomas de borrar con olor a nata, fresa, chocolate. Entra hambre solo con el olor, ganas de darles un mordisco.

Me pidió en uno de los paseos que pintase su cara con mayor detalle. Llevé un Dina5 para dibujarla a carboncillo, sería un boceto más grande de su rostro para poder regalárselo. A los pocos días lo finalicé, utilicé el color verde solo para sus ojos y me inventé dos pendientes y un collar de esmeraldas que resaltaban aún más su mirada y sus enormes ojos verdes. Me acordé de lo que decía Georges Braque al dibujar los pendientes y el collar: «Una vez que un objeto ha sido incorporado a una pintura, acepta un nuevo destino».

El dibujo le encantó, la maravilló. Era lo más bonito que le habían regalado y el toque de las esmeraldas había sido fantástico, genial. Eran sus piedras favoritas, me dijo.

A los pocos días quedamos el fin de semana, quería llevarla al cine a ver el estreno de *Excalibur*. Había visitado Dublín en varias ocasiones y conocía muy bien las montañas Wicklow, que rodean la ciudad, donde se habían rodado varias escenas. Quedamos en una cafetería al lado del cine, media hora antes del comienzo. Cuando la vi no me lo podía creer.

—Hola, Graciela, ¿qué tal? Esos dos no vendrán también al cine, ¿no?

—Hola, bien, pues sí, pero se sentarán los dos lejos de nosotros.

—¿En serio?

—Mi padre solo me deja que no lleve escolta cuando paseo a los perros.

—¿Y le cuentan todo lo que haces a tu padre? —pregunté.

—Supongo que sí —me dijo.

—¿Y no te molesta?

—Pues, la verdad es que siempre he tenido escolta, estoy muy acostumbrada desde pequeñita. Son muy majos, se llaman Iñigo y Fernando, ¿te los presento?

—No, ahora no, en otro momento —le dije.

No me lo podía creer, estaba pensando en darle el primer beso en el cine, pero con los dos gorilas en las filas de atrás se me había cortado el rollo. ¿Ella no se daba cuenta? ¿Consideraba normal estar permanentemente vigilada? Y si yo hacía algo en el cine, besarla o tomar unas cervezas a la salida, como tenía pensado, ¿se lo contarían rápidamente o incluso le dirían que no lo podía hacer? Todos estos pensamientos se agolpaban en mi cabeza. Tenía que trazar un plan para poder librarnos de ellos, pero no en ese momento.

La película estuvo bien. En vez de tomar unas cervezas fuimos a tomar tortitas a la calle Real. El sitio tenía dos puertas que daban a dos calles paralelas. Cuando pagué la cuenta y vi que los dos gorilas seguían tomando algo, la cogí de la mano y le dije que me siguiera. Corrimos y los guardaespaldas salieron lo antes que pudieron, pero ya era demasiado tarde, nos habíamos mezclado entre un montón de gente que paseaba por la calle Real y los habíamos despistado. Quería saber lo que le dirían, pero, sobre todo, si le contarían a Jacinto que nos habíamos escapado de ellos. Al cabo de un rato, regresamos a donde nos seguían buscando. Sus caras de alivio me dieron a entender que el control sobre ella era importante.

—¿Nunca te has escapado de ellos? —le pregunté.

—La verdad es que no —me respondió.

—A mí no me gusta que nadie me siga y estar tan vigilado.

—Bueno, creo que es cuestión de acostumbrarse, tampoco lo veo tan malo. Una vez me salvaron de un atropello por ir yo despistada y otra vez, cuando intentaron robarme y me dieron un tirón del bolso, cogieron al ladrón.

—¿Qué hubiera pasado si hubiéramos bebido unas cervezas en vez de tomar unas tortitas? ¿Se lo dirían a tu padre?

—Pues, no sé, me imagino que sí se lo dirían.

—Pero ya tienes diecisiete años, es normal tomar unas cervezas.

—Sí, pero a mí el alcohol no me sienta bien.

—Bueno, será que no lo has tomado con quien debías.

—¿A qué te refieres?

—Nada, olvídalo.

Volvimos en coche a su casa con Iñigo y Fernando, que al momento preguntaron qué habíamos hecho. Les conté que había visto a un amigo que quería que conociese a Graciela y por eso salimos corriendo. No quedaron muy convencidos.

Durante la semana acordamos el jueves ir a la biblioteca para hacer un trabajo de Física y Química. Me daba igual el trabajo, quería saber si también irían los guardaespaldas a la biblioteca. Se quedaron en el coche esperando a que terminásemos el trabajo.

Nunca estás preparado para ver por primera vez a alguien que conoces muerto.

La falta de vida de un cuerpo inerte, que no volverá a decir una palabra más, cuyo futuro se ha parado para siempre y del cual solo su recuerdo permanecerá vivo.

Deja de ser quien fue y nunca será quien podría haber sido.

Es una conmoción que te mata por dentro. Un *shock* infinito, perpetuo.

La imagen del cuerpo frío y pálido se mantiene en la memoria eternamente. Difícil olvidar la visión del primer cadáver.

Si la persona es familiar, amigo o conocido, su imagen indeleble se incrusta en tu cerebro para recordar el personaje. El desaliento de no poder oír su voz de nuevo. Al rememorar su forma de ser, los instantes se agrandan por su recuerdo. Las circunstancias, los detalles de lo ocurrido despiertan un sentimiento nuevo, una nube de agonía en la garganta, de angustia, de vacío.

Ese miércoles había decidido hacerme el enfermo, estaba un poco hastiado de la rutina, quería dibujar. Al Galletas le habían llegado dos cajas desde la fábrica, la de todas las semanas y una especial, con galletas de chocolate y polvorones. Él también se haría el enfermo. Había muchos trucos: comer tiza con agua para subir la fiebre, atarte durante la noche una naranja a la rodilla con el cordón de la bata y por la mañana la rodilla estaba hinchadísima, pero yo había utilizado el truco convencional de mojarme un poco la cabeza y el pijama antes de que apareciera Vicente.

Con una pequeña linterna encendida durante un buen rato conseguías subir la temperatura del termómetro que te proporcionaba Vicente. En cuanto te veía un poco sudado, ya no te tocaba la frente.

Ese miércoles 9 de diciembre sería el peor día en la historia del internado.

Nos habíamos quedado ocho enfermos. El Pelines, que siempre se estaba tocando el pelo y era gay. Manín, a quien, al igual que el Vaino, le gustaba la idea de comerse las galletas, jugar a las cartas y no ir a clase. El Sopitas, a quien como era habitual le dolía la garganta —estaba más días enfermo que sano—. El Petacas, que siempre llevaba una petaca encima —yo creo que era alcohólico desde niño porque bebía todos los días—. Y, por último, un tal Carlos, de nariz chata y pecas por toda la cara. Lo apodaban «el de los dientes largos» porque tenía dos paletas enormes.

Todos nos habíamos hecho los enfermos, excepto el Sopitas y el Pelines, a quienes les dolía de verdad la garganta. Los martes y jueves el doctor del pueblo nos visitaba, siempre había dolores de gargantas, catarros, gripes, fiebres y, lo que más le sorprendía al doctor, rodillas hinchadísimas que se recuperaban solo con un día en la cama. No lo entendía y la medicina no lo ayudaba a comprender lo que ocurría.

Los enfermos, para tener avituallamiento exterior —tabaco, bebidas o lo que quisiéramos—, disponíamos de una cuerda con un cesto que se subía y se bajaba por una ventana. Los alumnos de tercero de BUP, que todos habían repetido algún curso y, por lo tanto, eran mayores de dieciocho años, eran los únicos que podían salir a comprar al supermercado o al bar de enfrente y habían establecido el cobro de veinticinco pesetas por petición. Ese día el Petacas pidió cuatro latas de cerveza; Manín y el Vaino, dos cajetillas de Ducados y dos bolsas de pipas.

El desayuno que subían era el mismo, pero la comida y la cena la variaban con el menú del comedor: para comer, sopa, una loncha de jamón York y una taza de arroz blanco y, por la noche, tortilla francesa. Algo insuficiente, pero ese era el menú de enfermo.

Nadie subía a vernos; solo Vicente, cuando no tenía clase, al que oíamos porque utilizaba el ascensor. Por la mañana, comimos galletas y jugamos un rato a las cartas; por la tarde, yo dibujé y los demás creo que durmieron una buena siesta. Manín se despertó de la siesta y vino a mi habitación con Galletas y el Vaino. Yo quería seguir pintando, pero se pusieron pesados e insistieron para ir a ver al resto.

Primero fuimos a ver al Petacas, que pillamos hojeando una revista porno; en la habitación de al lado estaba el Pelines, de nombre Julián Rodríguez, que estaba dormido boca abajo encima de la cama y con la cara mirando a la pared. Manín cogió un bote de espuma de afeitar y le pintó una S enorme en la espalda con el símbolo de Superman. Me pasó el bote para que le pintara algo y no sé por qué lo hice, pero le pinté una polla que le salía del culo. El Galletas después le puso más espuma en el culo y en la nuca, nos reímos y salimos corriendo de su habitación. Volvimos a jugar a las cartas, a comer galletas y polvorones, jugamos a tener que decir una frase con un polvorón en la boca, nos reímos ante la imposibilidad de conseguirlo.

El ruido estridente de la sirena que anunciaba la merienda le hizo pensar a Manín que el Pelines ya se tendría que haber despertado. Íbamos sigilosos hacia su habitación cuando, de repente, oímos el ascensor. Corrimos y en un instante estábamos cada uno en nuestra habitación, dentro de la cama. No era Vicente, era la cocinera, que nos subía yogures y una manzana en vez del pan con queso. Nos dejó los ocho yogures y le dijo al Vaino que los repartiese. Fuimos a llevarle la merienda al Pelines, pero, sobre todo, fuimos para ver si se había despertado con toda esa espuma.

Cuando entramos en su habitación, nos dimos cuenta de que algo iba mal. El olor a espuma ambientaba la habitación. Habían pasado más de dos horas y no se había movido ni un milímetro. Seguía exactamente igual, pero los montones de espuma en la nuca y en el culo se habían desparramado, al igual que el símbolo y el dibujo de la polla. Nos miramos sin comprender lo que había ocurrido y Manín le dijo:

—Julián, despierta, te traemos la merienda.

Julián ni se movió. Manín se acercó hasta él y le agitó un brazo.

—Julián, que te despiertes —volvió a decirle.

Le cogió la mano y se la soltó al momento.

—¡Está helado! —dijo Manín sorprendido.

—¡No jodas! —dijo Alfonso, el Vaino.

Nos acercamos el Galletas, Alfonso y yo, pero ya temíamos lo peor.

—¡Ostia, tío! ¡Qué fuerte! ¡Está muerto! —dijo el Galletas tocándole la muñeca,

—¡No tiene pulso!

—No puede ser —dije yo.

—¡Ostia, qué movida! ¿Qué coño hacemos? ¿Le limpiamos la espuma? —dijo Alfonso.

—No, tenemos que avisar a Vicente y no tocar nada. No debemos limpiar la espuma porque descubrirían que lo hicimos. Fue solo una broma, no debemos preocuparnos por ello —les dije.

—Miren las uñas de la mano —dijo el Galletas—. Parece como si tuviera algo.

Julián tenía las uñas enormes, parecía como si se hiciese la manicura. Las tenía como las de una chica. Sus dedos eran largos y finos. La mano izquierda, la que veíamos, parecía como si tuviese suciedad o algo en las uñas. Solo le veíamos una parte de la cara porque estaba mirando contra la pared. Ya había perdido el color, estaba pálido.

Me preguntaba qué y cómo había podido pasar. ¿Cuándo? Tenía que ser una muerte natural, un infarto, pues solo estábamos ocho internos y el único que seguía en su cama era el Sopitas. ¿Y Carlos y el Petacas? Carlos estaba en su habitación, ojeando la revista porno del Petacas.

—¿Qué pasa? —preguntó Carlos—. ¿Por qué tenéis esas caras?

—Julián está muerto —le contesté.

—¡Qué dices! Si estuve con el después del desayuno —dijo Carlos.

—Pues me temo que has sido el último en verlo con vida —le dije.

En ese momento observé que había muerto después de comer, se había tomado la sopa, el jamón York y algo del arroz.

La habitación del Petacas olía fatal, apestaba a alcohol del malo. Él permanecía totalmente dormido, con los brazos estirados en cruz, roncando. Lo despertamos y le contamos lo que había ocurrido. Llamamos a Vicente y en seguida subió. Al entrar en la habitación, lo primero que dijo fue:

—¡Qué coño le habéis hecho! ¿No estará... muerto?

—Lo de la espuma solo era una broma —contestó Manín.

—¡Una broma! ¡Menuda broma, idiotas!

En vez de centrarse en la muerte, lo estaba haciendo en la espuma.

—Pero ¿quién le ha hecho esto? —volvió a preguntar Vicente.

Manín le contesto que varios de nosotros. Se empezó a poner nervioso, a decir que cómo había sucedido eso y a blasfemar cagándose en todo. Sudaba. El sudor se extendía por su cuerpo. Su mirada de furia nos penetraba. Alterado llamó a la Policía.

A los pocos minutos, que fueron interminables, varios coches de la Policía llegaron al internado. Cuatro de los agentes vestían de paisano y los demás, de uniforme. Eran las diecinueve pasadas, estábamos los siete enfermos y Vicente. El más pequeño de los cuatro agentes se nos acercó y dijo:

—Soy el inspector jefe Pablo Piñeyro, este es el inspector Losada y mis compañeros de la policía científica, Mar Pardo y Raúl Mora. ¿Quién ha encontrado el cadáver? —preguntó.

—Nosotros cuatro —le dije, señalándonos.

—Bien. Ahora, por favor, despejad este pasillo para que mis colegas empiecen a trabajar. Necesitamos un lugar para entrevistar a estos internos y al resto; también, la información del muerto, para poder ponernos en contacto con la familia —le dijo a Vicente.

»En breve vendrán el juez de guardia, el secretario judicial y el médico forense para poder realizar el levantamiento del cadáver. Una vez que se autorice, ya se ponen en contacto con la funeraria para el envío del cuerpo homologado y precintado al lugar que indique el médico forense, para su posterior autopsia. ¿Todo claro?

—Sí —respondió Vicente—. Ya habéis oído, cada uno a vuestra habitación. Si me acompañan al tercer piso, les proporcionaré un aula para que puedan empezar a trabajar —les comentó.

—Cuanto antes, mejor. Y empezaremos por usted, si no tiene inconveniente.

—Por supuesto, sin ningún problema, inspector.

Muchos pensamientos pasaban por mi cabeza, que se mezclaban con las imágenes de Julián frío, inerte en su cama, con la espuma desparramada, con su cara pálida. Pero a mi mente venían las imágenes de esas uñas, ¿por qué las tenía así? Siempre pulcras, se dedicaba a ellas todo el rato. ¿Habría intentado arañar a alguien? ¿Sería una muerte natural?, estaba pensando en mi cama cuando el inspector Losada llamó a mi puerta y me pidió que lo acompañara.

Me di cuenta de cómo la Policía debe actuar muy rápido cuando sucede cualquier acontecimiento. Pretenden que, en caliente, la gente diga más de la cuenta, haciendo todo tipo de preguntas para intimidarte, para sacarte de tus casillas, para intentar saber cómo eres y qué serías capaz de hacer. Incluso no me creyeron que me había quedado para pintar y comer las galletas. Cuando les enseñé el dibujo que había realizado por la mañana, dudaron de que lo hubiese hecho. «No tiene fecha», me dijeron. Te intentan poner en una situación de culpabilidad. Por la polla con espuma que le dibujé a Julián, me preguntaron si yo también era homosexual y si había tenido relaciones con él.

Todas las preguntas tenían mucha intención y sentido. El inspector Losada era el que hacía las preguntas que intentaban herirte, dañarte para que de alguna manera reaccionaras. Estaban muy pendientes de gestos y movimientos, intentaban leer en tus pensamientos, te intimidaban. El inspector jefe Piñeyro era más comedido, más cercano y se ponía de vez en cuando en tu situación. Te ofrecía agua, intentaba que te sintieras cómodo, buscaba la sinceridad, que fueras su confidente. Terminaron las preguntas diciéndome que eso no había más que comenzado, que se iban a enterar de todo lo que había pasado. En breve me volverían a llamar.

Apareció el juez, con el secretario judicial y el médico forense. A las once de la noche se llevaron el cadáver.

Los siguientes días en el internado no se hablaba de ningún otro tema. La versión oficial en los periódicos, en las radios y en la televisión era que un niño había muerto en la cama del internado Carlos Matas por causas naturales. Hicimos muchos minutos de silencio, tanto en cada clase como a la hora de desayunar, comer y cenar. El domingo 13 de diciembre fue su entierro y funeral, al que asistimos la mayoría de los internos y amigos. Mis padres nos recogieron y llevamos en el coche al Galletas y a Manín, previa autorización de sus padres, al internado.

Los silencios se multiplicaban, nadie quería hablar. Solo mis padres intentaron animarnos al decir que la vida a veces nos da estos disgustos, que el tiempo permite pasar estos malos momentos y que, por desgracia, solo quedaba recordar todo lo bueno de esa persona, que tenía mucho bueno y que su destino estaba así escrito.

«Hasta la muerte de un pajarillo interviene una providencia irresistible», decía William Shakespeare.

Ese día de las pompas fúnebres algunos de mis amigos se acercaron a verme. Conocían a Julián de cuando estudiaba en los jesuitas. Iñaki, uno de ellos —que seguía con Marisa, la amiga de Graciela—, me dijo que me tenía que dar una mala noticia, que sentía dármela allí. Me contó que Graciela estaba saliendo con Gonzalo de Orange, un pijo presumido que se pasaba el día en el gimnasio. Sus padres eran marqueses y estudiaba en los maristas.

La Coruña, domingo 14 de septiembre de 1981.

—Matilde, ¿puedes ir a avisar a mi mamá para que venga?

Era la primera vez que iba a un colegio sin el uniforme y llevaba toda la tarde vaciando mi vestidor sin saber qué ponerme para el primer día de clase.

—¿Qué quieres, hija mía? —Mi mamá entró en mi habitación acompañada de Matilde.

—No sé qué ponerme para ir mañana al cole —le dije.

—Ya veo, has sacado la mitad de tu vestidor. Tienes demasiado de donde elegir, por eso dudas tanto —me contestó—. Ponte algo natural, algo cómodo. Es simplemente para ir a clase. Un pantalón negro y una camisa blanca, con un fular o un jersey.

—Ay, mami, ¿qué haría yo sin ti? Eres la mejor.

—Pues ya va siendo hora de que empieces a valerte por ti misma, vas a cumplir dieciocho añitos y creo que mami no debería tener que decirte lo que te tienes que poner para ir al colegio. A partir de hoy lo tendrás que hacer tú solita todos los días.

—No te enfades, mami.

—No lo hago —me contestó.

Esa noche no dormí nada bien, me encontraba nerviosa pensando en las personas que conocería al día siguiente. ¡Por fin iría a un colegio mixto! Quería hacer muchos amigos, que nunca había tenido. Siempre había ido a colegios de chicas y, como hija única, la obsesión de mi padre por mi seguridad traspasaba todos los límites a la hora de salir y conocer gente.

En agosto cumpliría dieciocho y ya podría hacer lo que quisiese. «Se va a enterar mi padre, ¡qué ganas tengo de que llegue el 15 de agosto! En Santa María del Mar todo va a cambiar. Voy a conocer a un montón de chicos y podré incluso hasta elegir: guapo, musculoso, con buenos modales e incluso que sea famoso, así me entenderá mejor por estar acostumbrado, como yo, a que los *paparazzi* te sigan por todas partes. Lo importante es que me quiera como soy».

«Mi papá no me dejaría con cualquiera, siempre habla de que tengo que mirar muy bien al corazón de la persona, porque la mayoría me va a querer por su dinero, por su imperio. Que se quede él con sus negocios y fábricas. Si hubiera amor, lo entendería. Me aburre, me cansa, todo el día con lo mismo, zapatos y números. Dice que no tiene tiempo, que le falta para dirigir. Apenas duerme cinco horas. Es un adicto al trabajo, un día le va a dar algo».

Yo quería viajar, conocer mundo, países, personas, salvar niños del hambre, crear escuelas para que tengan educación, dedicarme a socorrer animales… «No como él, que lo que le gusta es dispararles. Qué poco me parezco a él, debo de tener todos los genes de mi madre. Aunque no todos, porque a ella también le encanta disparar».

En mi primer día en el cole he conocido a mucha gente. Son todos majísimos, es un cole que me encanta. Tantos años perdidos en las jesuitinas, que eran un rollo, un aburrimiento. Me tendría que haber ido en octavo o incluso antes.

El chico que me ha tocado detrás de mí es muy amable, pero no es mi tipo. Ha sido muy simpático al enseñarme todas las instalaciones y hasta un bar en el que hacen unos bocadillos de calamar muy ricos, aunque el sitio es un poco grasiento. Benito Buendía se llama. Me ha enseñado los rincones del cole. Estoy deseando ir conociendo a mucha más gente. Beni me ha presentado a muchos… ya no recuerdo algunos de los nombres. Siempre me pasa lo mismo, tengo una memoria de pez.

Los días siguientes, Beni ha continuado siendo muy cariñoso conmigo, no me deja sola ni un minuto. Sé que quiere ser un buen amigo. Es muy delgaducho, tiene cara de buena persona, quiere complacerme y pinta muy bien. Ayer, cuando paseamos a los perros, sacó una agenda y me dibujó rapidísimo en diez minutos. Me quedé maravillada de lo bien que pinta, me dibujó súper guapa. Tendría que ser un poquito más alto y necesita musculatura; es buen chico y creo que puede ser un buen amigo. Le he pedido que me dibuje en un cuaderno más grande y lo está haciendo. Dibuja como muy real, los rasgos de los rostros a través de su lápiz son un calco de las personas y les da animación, movimiento. Te quedas embobada observando cada trazo. Da la impresión de que cualquier boceto que hace cobra vida.

Cuando me pinte y me dé el retrato, se lo enseñaré a mi padre para que lo contrate y pinte también a mis animales. Quedarían todos preciosos: los caballos, los chimpancés, mi oso Bruno, las jirafas. Sería genial, como tener un cuadro de cada uno con su nombre. Un día de estos lo invito a la finca para que los conozca. Es, por fin, un amigo. ¡Qué contenta me hace!

Hemos ido al cine a ver *Excalibur*. No es de mis géneros favoritos, pero tengo que reconocer que estuvo entretenida. A Benito le molestó que fuera con los escoltas. No lo entiendo. Ya le dije que son majísimos, pero parece que algo de ellos lo molestó. No quiere que estén. Es un buen chico, noto que me quiere, pero no es mi estilo. Por fin tengo una amistad sincera y espero que duradera.

Hoy ha sido de los pocos días en los que mis padres cenan conmigo. Desde pequeñita estoy acostumbrada a cenar sola, pero nunca me ha importado. Al contrario, ceno viendo la tele tan ricamente. Matilde llamó a mi puerta.

—¿Se puede?

—Sí, pasa, Mati.

—Como te ha dicho tu mamá, hoy cenáis los tres en casa. El cocinero ha preparado perdices en salsa de castañas, bacalao al pilpil y menestra de verduras, ¿qué es lo que te apetece? —me preguntó.

—Tortilla de patatas con ensalada y jamón serrano, gracias, Mati.

—De nada, Graciela.

Mi papá, en la cena, ha seguido contestando al teléfono, juzgando las pautas de sus asistentes personales sobre la importancia de la llamada y de la persona al otro lado del teléfono para ponerse o declinar. Rara vez no se ha puesto, porque la llamada ya había sido lo suficientemente filtrada y analizada con la respuesta idónea para cada una de ellas. Tiene dos asistentes personales y dos secretarias que utiliza como si le pertenecieran. Les debe de pagar muy bien porque nunca se quejan de horarios ni de los lugares donde los emplaza para trabajar. Sus vidas están dedicadas íntegramente, las veinticuatro horas del día, a mi padre y sus negocios.

—Papá, me gustaría estas Navidades operarme la nariz —le dije.

—¿Y qué le pasa a tu nariz?

—Pues que quiero rebajar un poco el tabique nasal, el hueso este que me hace aquí una pequeña montañita.

—¿Montañita? No le veo nada malo ni ninguna montañita a tu nariz. ¿Tú qué opinas, Alicia?

—Pues que, si no le gusta el hueso de su nariz, que se lo rebajen. Puede ir a Juan Carlos Domingo, el que me hizo a mí el *lifting*, es el mejor de España.

—Conforme. Encárgate de ello, ¿quieres, cariño?

—Sí, sin problema. ¿Cuándo lo quieres hacer, Graciela?

—Pues justo cuando tengamos las vacaciones de Navidad, a partir del 18 de diciembre, para que nadie me vea con la nariz hinchada. ¿Qué opinas de mis labios, mamá?

—Que son preciosos, ¿por?

—Para hacerlos un poco más grandes al mismo tiempo que me hace lo de la nariz.

—No creo que lo necesites, son finos y muy bonitos como están.

—Vale, mamá.

—Cuéntale a papá lo del cole y tu amigo el pintor.

—Es verdad, se me había olvidado. Papá, el colegio es genial, me encanta, y tengo un amigo que se llama Benito. Es muy buen pintor y había pensado invitarlo a la finca y pedirle que nos pinte los animales, ¿qué te parece?

—Bien, ¿le gusta pintar animales?

—Pues me imagino que sí, pero le tienes que pagar por hacerlo.

—Que pinte también mi salón de trofeos.

—Papá, no creo que le guste pintar tu salón de trofeos y todos esos animales disecados.

—Le será mucho más fácil que pintar los que están en libertad, ja, ja, ja —se rio.

Su asistente le hizo una señal para hablar con él. Sin haber terminado, se levantó hablando por el teléfono inalámbrico. Nos quedamos las dos en esa mesa infinita para más de cuarenta comensales, que solo se ha completado una vez, cuando mi padre cumplió cincuenta años. Entre amigos y familia éramos cincuenta.

Vino Joël Robuchon, el *chef* con más estrellas Michelin del mundo. Me acuerdo que fueron ocho platos increíbles: los sabores, las texturas, el maridaje. Sensaciones nuevas para el paladar te despertaban los sentidos: el olfato, el gusto, la vista. Te recreabas intentando descifrar los matices, que traían incluso recuerdos. «Cielo en la boca», alguno lloró. Menos mal que teníamos una carta con todas las explicaciones de cada plato. Lo recordaremos siempre.

Fue un acierto de mi madre, que me contó que le costó mucho convencerlo para asistir. No era una cuestión de dinero. Tuvieron que poner a disposición de él y sus ocho cocineros el avión para que él eligiera sus horarios y pudiera volar directamente desde Ginebra, donde residía.

—Bueno, hija, como ves, tu padre no deja los negocios ni cenando tranquilamente en familia. Es algo que me hace todos los días. Cada vez lo llevo peor. Después de tantos años, sigo sin acostumbrarme.

—Ya, mamá, siempre ha sido así y siempre lo seguirá haciendo. Creo que nunca parará, ni delegará.

—Cierto, cariño, los años van pasando… Me engañaba pensando que algún día se cansaría de su dedicación incondicional al trabajo, pero no, al contrario. Desgraciadamente, solo es feliz trabajando.

Volví a quedar con Beni el sábado en la biblioteca para hacer un trabajo de Física y Química. Cuando llevábamos una hora en la biblioteca y casi habíamos terminado, me pidió que lo siguiese y, en vez de salir por la puerta principal, salimos por una lateral, sin que los escoltas nos viesen.

—¿A dónde vamos? —le pregunté.

—A que conozcas a Santi Print.

—¿Quién es Santi Print? ¿Su apellido es Print?

—Un amigo. Su apellido no es Print, pero todo el mundo lo llama así. Antes, vamos a hacernos unas fotos en el fotomatón. Primero tú sola y después, una conmigo.

—Me tienes un poco intrigada, ¿qué estas tramando?

—Nada, en un rato lo vas a ver.

Me llevó a casa de Santi Print. Falsificaba todo tipo de documentos y me hizo un DNI perfecto, exactamente igual al mío, solo que un año más mayor. Ya tenía los ansiados dieciocho años por lo menos en un documento.

Después me llevó a la calle de los vinos. Es una calle muy famosa en La Coruña, llena de bares. Beni los conoce todos. Entramos en los que, con la bebida, te ponen un pincho, a cada cual más rico. Primero probamos los tigres, un mejillón con bechamel y horneado que estaba buenísimo, me comí cuatro. Después fuimos al mejor sitio de tortillas. Calamares, setas, callos, navajas, pimientos rellenos, en cada bar conocía la especialidad y estaba todo de chuparse los dedos.

Al principio pedí Coca-Cola y él, cañas, pero en los tres últimos bares también pedí cañas. Me reí muchísimo. Es muy ocurrente, me contó chistes y anécdotas muy graciosas que le han pasado.

La verdad es que solo había estado en la calle de los vinos en una marisquería que le gustaba a mi padre. Me encantó la gira gastronómica, no me podía ni imaginar que en esos bares hicieran platos tan ricos y sabrosos. Me recordó, a lo bruto, la degustación de Joël.

La noche fue mejorando en cada lugar. Me llevó al sitio más de moda de La Coruña, donde solo pueden entrar mayores de edad, situado en la playa de Riazor, Clangor Playa Club. Y por último también a la playa La Cúpula, por su forma ovalada, que tiene un mirador acristalado en la parte superior con las mejores vistas de La Coruña, con la torre de Hércules al fondo.

Al entrar no lo podía creer. Estaba mi amiga Marisa con Iñaki y muchos más amigos de Beni: Carmiña, Paula, Mar, Pepe, Juan... Me los presentó a todos y también probé por primera vez una bebida que me encantó, vodka con zumo de naranja. Estaba buenísimo. Parecía como si Beni conociera lo que me gustaba.

Estaba bailando y disfrutando como nunca cuando se acercó y me dijo:

—Nos tenemos que ir.

—¡Qué dices! ¿Por qué? Con lo bien que me lo estoy pasando, la música me encanta.

—Porque tenemos que volver a la biblioteca antes de que cierren a las doce.

—¡Ahí va! Se me había olvidado completamente. Bueno, solo tres canciones más —le dije.

—Lo que quieras, yo no tengo problema. Voy a ver si nos lleva Iñaki en coche.

Fuimos en el coche de Iñaki con Marisa. Entramos por la puerta lateral de la biblioteca cinco minutos antes de que cerrasen. Al salir, Iñigo y Fernando seguían en el coche esperándome. Me despedí de Beni, Marisa e Iñaki.

—Muchas gracias por esta tarde-noche, Beni, me lo he pasado genial, como nunca. Ha sido fantástico. Tenemos que repetirlo absolutamente todo, me ha encantado. Nos vemos el lunes.

—Gracias a ti, yo también me lo he pasado muy bien y repetiremos las veces que quieras, ya eres mayor de edad —me dijo sonriendo y guiñándome un ojo.

—Buenas noches, señorita Graciela, ha estudiado mucho hoy —me dijo Fernando, el escolta.

—Buenas noches. Sí, tenía mucho que estudiar.

Me chiflaba Santa María del Mar, los profesores, la gente que continuaba conociendo con mi mejor amigo Beni. No me separaba de él, me sentía completamente contenta a su lado. Además, ese sábado lo iba a llevar a nuestra finca, que está a casi una hora de La Coruña, colindando con Lugo.

Es un pazo de piedra de estilo barroco del siglo XVIII, que mi padre restauró completamente. Llevamos ocho años disfrutándolo y siempre se están haciendo reformas. Es el único sitio donde mi padre desconecta y está muy orgulloso de cómo lo ha restaurado. Hasta realizó un libro, que ha situado en un atril en el *hall* de la entrada, con la historia y la restauración. Sorprenden algunas imágenes con el antes y el después.

Desde que entramos le fui contando sobre la importancia que tuvo en el pasado y que, una vez rehabilitado —porque ha estado abandonado durante más de cien años—, el Ayuntamiento ha querido declararlo Bien de Interés Cultural, pero mi padre se ha negado en rotundo porque tendría que enseñarlo un mínimo al año, así que no se va a declarar.

Las figuras arquitectónicas repartidas por la fachada y en los jardines impresionan. Todo el mundo se queda maravillado. Son enormes, de mármol blanco, y generan sensaciones diversas: admiración, respeto, belleza. Imágenes majestuosas que paralizan.

Se divide en cuatro zonas. La primera es donde se ubica la casa señorial, con los jardines y la zona del huerto. La segunda, donde están la iglesia y las casas de los guardeses y demás personal: jardineros, cuidadores de animales, recolectores —hay más de treinta personas trabajando—. La tercera zona son el prado y el bosque. Y, por último, la cuarta, totalmente nueva, consta de cuadras, picadero y recintos para los animales. La flora de los jardines tiene cientos de años: camelias, azaleas, palmeras, rododendros, mientras que en el bosque hay robles, castaños, secuoyas, nogales y abedules, todos gigantescos. Mi padre dice que en el mundo no hay un bosque con esta variedad tan antiguo y tan bien conservado.

Veía la cara de Beni. Nada más pasar el portalón de la entrada, sus ojos se abrieron al igual que su boca, asombrado de lo que estaba viendo y de los olores y fragancias de otoño que invadían el coche.

—¿Te gusta?

—¡Qué pasada! —me contestó.

—Pues espera a que te enseñe los caballos, las cebras, las jirafas y los chimpancés.

—Esto es increíble, no me podía ni imaginar que existiese un lugar como este. He estado en otros pazos, como el de Meirás, el de Oca, el de Lourizán o el de Sistallo, que está muy cerca de aquí, en Lugo, pero ninguno es tan imponente. Estas estatuas son increíbles, me encantaría pintarlas.

—Por supuesto que puedes, te vas a cansar de pintar aquí. Además de los animales, me gustaría que me hicieses un retrato de cuerpo entero en un lienzo grande. Ya han traído todo lo que me dijiste que necesitarías y algunas cosas más. He preparado un cuarto con vistas al bosque, espero que te guste.

—Claro, te pintaré como quieras y no solo una vez, espero hacerlo muchas. Este lugar es tremendo. Percibo sensaciones únicas al contemplar estas maravillas, es brutal.

Le fui enseñando la casa principal. Se sorprendió por la cantidad de habitaciones y baños que tiene. Le fascinó todo, incluso el salón de trofeos de mi padre, donde están disecados los animales que ha cazado: un oso, un león, un tigre, una cebra, un ñu, un cocodrilo, jabalíes, ciervos, gamos y también, de caza menor, hay perdices, codornices, liebres, zorros, patos, tórtolas... Todos inmóviles, con esas miradas de vacío.

Yo odio esa sala, pero Beni se quedó alucinado con cada animal, la variedad que existe. Leyó todas las chapas de oro que cada uno tiene, con el país y la fecha en la que ha sido cazado.

—No me puedo creer que tu padre haya matado todo esto. Ha estado en África, Rusia, Sudamérica, Canadá, Asia... Por todo el mundo, matando —me dijo.

—Sí y todos los que no están... Hubo un momento de su vida en el que le encantaba. A mí me repugna esta sala y todo lo que representa, no me gusta ni estar, ni verlo. Me dan mucha pena. Fíjate en sus miradas: son tristes, de dolor. Me avergüenza, hasta me cuesta enseñártelo.

»En alguna ocasión los acompañé en sus viajes porque me insistieron mucho. Yo iba con mi cámara de safari fotográfico, pero no podía ver sus matanzas, sus disparos y cómo se recreaban después. Me parece sádico hablar de cómo ha sido el momento de matarlos.

»Los chimpancés y las jirafas que tenemos fueron de un viaje con ellos a Kenia. Los convencí para que trajéramos a nuestros chimpancés, Chita y Tino. Los cazadores furtivos habían matado a toda su familia y ellos se habían escondido de la matanza. Vámonos de aquí. No lo puedo soportar, quiero enseñarte mis animalitos y el resto.

—Me resulta increíble todo esto. ¿Y ahora tu padre ya no caza?

—Lleva unos años sin hacerlo, no sé si es por trabajo o porque ya ha matado suficiente, pero mejor así. Ven, te voy a enseñar la habitación que he preparado para que pintes.

—¡Qué barbaridad! Pero ¿todo esto es para mí? Lo había puesto como opcional: los pigmentos, sulfato cálcico, ¡cola de conejo!, la mejor. Y también látex, pigmentos cadmios, aceites de linaza, ¿telas de lino?, ¿pinceles de marta cibelina? Pero yo no puse todo esto, es una animalada. ¿Quién ha hecho toda esta compra?

—Yo. Bueno, hablé con la tienda de pinturas y me recomendaron todo esto. ¿Está mal?

—No, al contrario, es una pasada. Yo nunca he tenido estos materiales para pintar, es lo mejor que existe. Siempre he pintado con tubos de oleo Winsor & Newton, que son muy buenos, como estos de aquí. Los pigmentos son otro nivel para crear colores únicos. Estos azules, ultramar, prusia son increíbles y los más estables para aguantar la luz. Incluso estas esponjas para crear texturas y estos lienzos de lino, los pinceles de marta cibelina... Dicen que no gotean, nunca he pintado con ellos… Esto es el paraíso del pintor. Muchas gracias, este material me reta a hacer algo importante y espero estar a la altura.

—Hazlo como tú sabes, Beni, seguro que quedan fantásticos. Sígueme, que te enseño el cuarto de música y la sala de cine.

Al entrar en la sala de música, su cara fue de incredulidad y sus ojos se deslumbraron.

—¿Tu padre es melómano?

—No mucho, le gusta la música como a todo el mundo… Escucha cómo suena este equipo. La sala está totalmente insonorizada.

Me gritó al subir el volumen.

—¡Baja el volumen! Me vas a romper los tímpanos. Es lo mejor que he oído y visto nunca. Bang & Olufsen. Esta colección de música es increíble y qué bien está clasificado, por géneros, artistas… Y estos sillones, qué cómodos.

—Sí, son muy cómodos. Soy la que más tiempo está en esta sala, vengo mucho a leer y a escuchar música.

—No me extraña, yo estaría días enteros aquí.

—Ven, que aún falta lo mejor: mis animales y el resto.

Le enseñé la iglesia románica del siglo XII, que fue el primer edificio en construirse y es el mejor conservado. La cripta detrás del altar es siniestra, fría y oscura, en forma de bóveda. Apenas puedes pasar y rodear de cuclillas el sarcófago de piedra, que tiene los huesos del monje Abundio, que fue quien llevó el esplendor al templo en el siglo XIV. Tiene un pequeño huerto, donde los monjes plantaban todo tipo de verduras y hortalizas, con árboles frutales a un lado de la iglesia para resguardarlos del mal tiempo: manzanos, perales, cerezos, almendros, todos enormes. Aunque lo que más le gusta a mi padre son las vides para hacer el vino. Tienen más de ochocientos años. No me acuerdo cuántas botellas cosechan, no muchas. Mi padre las regala a amigos y famosos. Dice que, si nuestro vino fuera valorado por expertos, ganaría un montón de premios.

Yo no paré de comer manzanas, son las más ricas que existen.

—Me gusta mucho esta iglesia. Si me caso, me gustaría que fuese en este lugar. Me da mucha paz. Siempre pienso en cómo vivirían los monjes aquí, con su huerto, sus frutales. El padre Abundio, que dio vida al lugar criando animales, plantando, cosechando el vino. En la comida lo pruebas y te llevas un par de botellas, te va a encantar.

—¿Por qué no te vas a casar? —me preguntó.

—Yo qué sé, por si es de otro país, no sé. Claro que me pienso casar. ¿Quién sabe lo que me va a suceder? Nadie sabe cómo será su destino.

«El destino es el que barajan las cartas, pero nosotros somos los que las jugamos», decía William Shakespeare.

—Estoy deseando probarlo, seguro que será un vinazo —dijo Beni.

La pradera es una explanada verde enorme, aunque una de las cosas más auténticas, bonitas y admirables es el bosque milenario, simplemente espectacular. Todo el mundo que lo visita se queda maravillado de ver esas variedades de árboles, con esas infinitas magnitudes, los sonidos de miles de pájaros que anidan en sus copas, donde cantan variadas melodías. Ramas enormes cubiertas de hojas. El suelo —una esponja llena de musgos y plantas trepadoras— y el crujir de los troncos lo convierten en un lugar de cuentos, místico, mágico y único.

—Esta dimensión de árboles jamás la había visto. Dame tu mano y ponte alrededor de este. Es brutal. Necesitaríamos varias personas más para rodearlo con nuestros brazos.

—Sí, son todos enormes. Tengo mi favorito marcado desde hace tiempo, es un castaño. Aquí está, mira mis iniciales y la fecha. Ya han pasado cinco años y me parece que fue hace nada.

—¿No tendrás una navaja por casualidad?

—No suelo llevar —le contesté riendo.

—En otro momento pondré yo mis iniciales, si no te molesta.

—Qué va, cómo me va a molestar. Vámonos, ya volveremos, todavía falta que veas lo mejor… Mis queridos animalitos.

Lo llevé a mi Edén, a mi paraíso, donde soy feliz. He rechazado ir de vacaciones por cuidar a mis animales. Mi padre, en alguna ocasión, se ha enfadado conmigo y discutido por no ir en barco a islas paradisíacas. A mí el barco no me gusta, me marea, y sus amigos, más. No los aguanto, están todo el día diciendo lo bueno que es mi padre, lo que hace por los demás, que a cuántas familias les da trabajo… Son unos pelotas lameculos. Esa actitud de la gente me irrita, me pone de los nervios, no lo puedo soportar. En alguna ocasión hasta he saltado maleducadamente.

En cambio, disfruto con los animales, noto su bondad, su lealtad, su cariño. Nadie se alegra como lo hace un animal. Aunque hayan pasado solo cinco minutos, te vuelven a ver y se alegran de nuevo, lo vuelven a demostrar. Su cariño es infinito, innato, no fingen, son fieles y auténticos.

Muchas veces me he sentido como una persona rara por llevarme mejor con los animales que con la mayoría de las personas. No sé si será algo particular de mi forma de ser, lo he pensado en infinidad de ocasiones. La lealtad de los animales es pura e interminable, no soporto la hipocresía de las personas. La maldad con resentimientos. De pequeña sufrí el acoso, la falsedad, el fingimiento para aprovecharse de mi situación, hija de Jacinto Buenafuente,

A mi oso pardo Bruno lo crie desde que solo tenía una semana de vida. Ya tiene cuatro años y, cada vez que lo visito, se alegra al verme. Mi padre mató a su madre sin saber que tenía ese osezno. La tiene disecada en su horrible salón de trofeos. Alguna vez he tenido pesadillas pensando que Bruno la encuentra. Papá tuvo que pagar a un zoo y a no sé cuántas personas más para poder traerlo. Desde entonces, se acostumbró a las personas. Lo dejamos suelto por la finca. Le encanta su guarida; hay días que ni sale, se queda jugando y comiendo. Lo tuvimos que poner a régimen porque, como apenas se movía, engordó mucho.

El veterinario está maravillado, viene todos los días a ver a los animales y también dice que Bruno es especial, muy cariñoso y que juega como el primer día. Nunca ha hecho daño a nadie, ni a ningún otro animal. Ya se han acostumbrado a verlo.

En ocasiones, los que vienen a traer algún paquete, o gente que no sabe que existe, se han llevado unos sustos tremendos, hasta han salido corriendo. Yo le he dicho a mi padre que ponga un letrero que diga «Cuidado con el oso», pero no quiere. Dice que no se puede tener un oso suelto, pero nunca se ha escapado. Es su casa, su guarida y su bosque.

A mí me quiere mucho, no me separé de él durante sus seis primeros meses de vida. Creo que en algún momento pensó que yo era su madre. Hace unos ruidos extraños cuando me ve. Uno de los cuidadores, Raúl, dice que es lo más noble que ha visto nunca.

Los chimpancés, Chita y Tino, en cuanto aparezco también se vuelven como locos al verme. Se cuelgan de mi cuello y me siguen por todas partes, hasta se suben conmigo para montar a caballo. Tienen una jaula enorme, de más de doscientos metros cuadrados, con todo tipo de juguetes, ruedas y árboles para saltar y jugar. También están libres por la finca o por el bosque. Como a Bruno, les gusta jugar en sus columpios, ramas, ruedas... Son muy listos, han aprendido el significado de un montón de palabras. Siempre tienen un premio si lo hacen bien y si han entendido lo que significa. Me traen mis botas de montar, conocen «manzana», «plátano», «agua», las partes del cuerpo y de la cara... Cada día se les puede enseñar vocabulario sin que lo olviden. Tienen muy buena memoria. No me extraña que descendamos de ellos, son más listos que muchas personas.

Tenemos seis caballos, aunque se construyeron doce cuadras. Espero llenarlas pronto, aunque mi padre dice que mejor buenos y pocos que muchos y malos, a lo que yo le respondo que mejor muchos y buenos. Solo monto yo de la familia. A veces viene mi prima Natalia, a quien también le encantan, y montamos juntas. Tenemos una persona, Enrique, que se encarga de montarlos y de todos sus cuidados. Una vez le dio un cólico a una yegua, Tania, y Enrique la salvó. Se quedó a dormir en la cuadra con ella. Rara vez se salvan, nos dijo el veterinario, pero el amor y los cuidados de Enrique son extraordinarios; ama a los caballos y se desvive por ellos.

Las dos jirafas y las cebras están en la pradera y fue mi padre el que las trajo pequeñitas cuando regresó de un safari.

—¿Te apetece dar una vuelta en caballo?

—Solo he montado en poni dos veces en mi vida —me contestó.

—No te preocupes, vas a montar a Tifani, que no se asusta con nada y es buenísima.

Le encantó montar, el paseo y el picadero donde estaban marcadas las letras para la doma. Se sorprendió mucho del porqué de esas letras. Le expliqué su origen alemán y que desde el siglo XVIII se vienen utilizando para poder valorar y comparar la calidad de los ejercicios entre los diferentes caballos. Era necesaria la colocación de unas marcas que indicaran en qué punto debía realizarse cada ejecución, de tal forma que todos ejecutaran su recorrido de la forma más parecida posible. Le enseñé cómo, con que Enrique nombrara la letra, el caballo lo entiende y cambia de sentido o hace una diagonal. De las cuadras me dijo que eran mejores que las de un hotel de cinco estrellas, por lo espaciosas y las comodidades para los caballos. La verdad es que están muy bien.

Beni seguía asombrado de todo lo que veía. La verdad es que su compañía es muy agradable y es muy gracioso. Tengo por fin a un amigo con el que compartir, algo que siempre he deseado.

Los siguientes fines de semana vino feliz al pazo a pintar, se quedó a dormir. Empezó pintando a Bruno, después a Chita y Tino y, por último, los seis caballos. Sus cuadros son sensacionales, las texturas que consigue nunca las había visto, con ese realismo que hace parecer que quieren salir del cuadro. La luz, los trazos y los colores que ha creado, salvando las distancias, me recuerdan a Van Gogh, sus pinceladas únicas en su autorretrato, los brochazos de color en *Lirios* o su última pintura, *Trigal con cuervos*, donde cada trazo y su simplicidad lo hacen perfecto, una obra maestra.

Beni, con su perspectiva, ha conseguido dar movimiento, luz propia a cada animal. Ha conseguido con los pigmentos y la mezcla de los aceites de linaza unos colores intensos, matices con los pinceles que hacen que me quede pasmada durante horas, embobada contemplando. La vista se va hacia el infinito buscando el gozo de la contemplación. Están vivos, con energía, con fuerza, y su lado feroz despierta para ser contemplado, mostrando su mirada salvaje, penetrante.

Me pidió dejarlos secar antes de enseñárselos a mi padre. Algunos me dijo que tardarían semanas, incluso meses.

Somos inseparables, juntos a todas horas. Mi amiga Marisa y mucha gente nos ha preguntado si somos novios. Nos entra a los dos la risa porque nuestra amistad es más que salir. Conocemos todo sobre el otro: los gustos, los temores, las reacciones, intimidades. Conocemos la forma de pensar ante la vida, las dudas, los sueños del futuro y también cariño, amor de amistad, verdadero. Todo muy natural, auténtico, como si siempre hubiéramos estado unidos.

Tantas horas juntos hicieron que nos conozcamos como nadie jamás me ha conocido. Nos hemos desnudado por dentro con conversaciones que nunca había tenido, Era sentir la amistad de alguien que te quiere por como eres y un amor muy especial hacia él. No quería que esa amistad se dañara bajo ningún concepto, quería que durase para el resto de mis días. Sentía atracción hacia él, pero dudaba si el sexo lo estropearía. Sabía que él lo quería. Siempre quise perder mi virginidad en el matrimonio, no antes. Lo hablamos en varias ocasiones. Yo rehusaba lastimar nuestra amistad y, en ocasiones, me reprimía.

Nadie me hacía reír como Beni. Sus ocurrencias y ver las situaciones desde un punto de vista tan ridículo conseguía que mis carcajadas no tuvieran fin.

Volvimos a salir varias veces más por los vinos, a Clangor Playa Club, a La Cúpula, haciendo el truco de la puerta lateral de la biblioteca, donde no estábamos ni cinco minutos. Tuvimos la mala suerte de que, uno de los días que estábamos en La Cúpula, me vieran unos amigos de mi padre. No supe quién, pero me pilló en la mentira.

Se puso a gritarme tanto que se le hincharon todas las venas de la garganta. Nunca lo había visto así, con una mirada de matarme, hasta me asusté. No supo lo del carnet falso, simplemente le dije que había entrado con Beni y que no me lo habían pedido en la puerta, aunque lo que realmente lo enfadó fue la mentira, que hubiera dicho que había pasado la tarde en la biblioteca. Le pedí perdón y le dije que nunca más le mentiría. Mi mamá me ayudo preguntándole si me hubiera dejado ir si yo se lo hubiese pedido.

Llegaban las vacaciones de Navidad y le conté a Beni lo de mi operación de nariz. No le gustó nada la idea, me dijo que mi nariz era perfecta tal y como estaba. Casi me convence de no operarme. La dibujó en diferentes bocetos para acordarse de cómo era, antes de pintarme de cuerpo entero. Empezaría después de Reyes.

El día 6 de enero vino al pazo para enseñarle a mis padres los nueve cuadros. Cuando mis padres los destaparon, aún sin marcos, no dieron crédito a sus ojos. Los abrían más y más para contemplar esa belleza que había creado Beni, esa atracción que impactaba al contemplar su obra.

Sus caras de asombro lo decían todo, se quedaron sin palabras. Hasta que Beni interrumpió el momento diciendo:

—¿Os gustan?

—¿Cómo no nos van a gustar? Son unas obras de arte sublimes —dijo mi padre.

—Son fantásticos, son increíbles —declaró mi madre.

—Benito, tu don en la pintura está al alcance de muy pocos. No es que yo sea un experto entendido en arte. Estas maravillas que has creado podrían estar firmadas por cualquiera de los mejores pintores. Enhorabuena, te pediría que pintases a toda la familia porque, si pintas a las personas igual que lo has hecho con estos animales, te aseguro que serás uno de los mejores pintores españoles. Y si algo tenemos en este país a lo largo de los tiempos, son los mejores pintores del mundo.

«Pinto los objetos como los pienso, no como los veo», decía Pablo Picasso.

—Muchísimas gracias por sus halagos, Alicia y Jacinto. No saben cuánto significa lo que me han dicho. La verdad es que, en este lugar y con todos los materiales que me ha proporcionado su hija, he notado que en mi mente se realizaba el cuadro antes de pintarlo. Han sido unas sensaciones, al pintar, que nunca había tenido y me alegro mucho de que os gusten tanto. Le prometí a su hija que primero la pintaría a ella, pero será un placer hacerlo después a toda la familia.

—Qué contenta estoy, papá y mamá, os dije que os iban a gustar. Beni, eres un artista.

—Desde luego que lo es. Como ha dicho papá, poca gente tiene ese don para reflejar en una pintura como lo que ha hecho Beni.

—Gracias, Alicia, me voy a poner colorado. Lo que sí me gustaría es que mis padres y mi hermana, si no es mucha molestia, vinieran a verlos.

—Por supuesto, no faltaría más. Estaré encantado de que vengan a comer y los conozcamos —dijo mi padre.

«Tu destino es cumplir esas cosas sobre las cuales te enfocas más intensamente. Así que elige mantener tu enfoque en lo que es realmente magnífico, hermoso, edificante y alegre. Tu vida siempre se está moviendo hacia algo», decía Ralph Marston.

Los silencios eran continuos en el internado. Silencio dentro del silencio. La muerte de Julián merodeaba por todas partes; era muy reciente y una nueva realidad se iniciaba sin su presencia. Ninguno entendía lo que había pasado. ¿Cómo le había ocurrido? ¿Sería una muerte natural? Esas uñas... ¿por qué ese día estaban sucias si era la persona más pulcra y limpia del internado? Algo no encajaba.

Mi incidente en la repisa de la ventana hizo que el inspector jefe de Policía Pablo Piñeyro me hiciese un duro interrogatorio durante horas. La máscara de poli bueno se la había quitado de un plumazo. Sus preguntas, y sobre todo sus suposiciones, buscaban provocarme, confundirme, desconcertarme, que contradijera mis declaraciones anteriores o las de cualquier amigo. Su tono hiriente de culpabilidad me hacía daño; trataba de que saltase, que dijese algo sobre Julián que no hubiese dicho. Me machacó con lo de la espuma; insistió en decirme que yo era gay y novio de Julián, pero que él quería dejarlo conmigo, y lo relacionaba con mi episodio en la ventana, que Vicente había contado con mucha rapidez.

El que sí declaró fue Carlos, el de los dientes largos. No pudo con la presión de la Policía y nos lo contó también a nosotros. Era gay, pero le daba mucha vergüenza y no quería bajo ningún motivo que su padre se enterase, ya que lo repudiaría como hijo. Su padre decía que los gais tienen una enfermedad y Carlos no tenía el valor de contarlo ni la valentía de afrontarlo. Nos sorprendió a todos bastante su revelación porque ninguno había pensado que lo fuera.

A mí tanto Julián como algún otro gay que conocía me caían muy bien. Solo me molestaban los que exageradamente forzaban sus poses, su forma de hablar, los que andaban de una forma desproporcionada y ridícula para llamar la atención. Siempre había pensado que los gais tenían más sensibilidad, más delicadeza, más ternura y más amor. Carlos contó a la Policía que durante la mañana estuvo con Julián y este le dijo que le tenía que contar algo importante, pero que se lo contaría en otro momento. Insistió para que se lo revelara, quería saber aquello que lo preocupaba, pero le dijo repetidas veces que en otro momento. Al parecer, eran medio novios. Nos chocó la noticia por lo inesperada y por lo impensada, es como no aceptar una idea porque tu cerebro ya tiene preestablecida otra.

Carlos no paraba de llorar y algunos de los internos, como el Castañas, se metían con él por ser gay y por apreciar debilidad en él. No era un internado para débiles. Manín, el Vaino y yo intervinimos en varias ocasiones para que lo dejasen en paz, pero los canallas se divierten viendo sufrir a los demás; son crueles, disfrutan cuando los demás padecen.

En la cena, Carlos se sentó a nuestro lado y Javier el Castañas también vino a nuestra mesa y, nada más sentarse, le dijo a Carlos:

—Carlos, ¿por qué no nos cuentas tus últimos momentos con el Pelines? ¿Fueron demasiado intensos?

—Javier, déjalo en paz de una vez, ya vale —intervine.

—¿Qué te pasa a ti? ¿Por qué defiendes a este medio hombre? Bueno, de hombre no tiene nada. ¿A que preferirías ser mujer, Carlita? ¿A que sí?

—Déjalo ya, Castañas —intervino Manín.

—Soy más hombre que tú —le contestó Carlos.

—Ja, ja, ja, sí, hasta intenta hacerse el gracioso el mariquita este. Tú no sabes lo que es ser un hombre porque nunca lo has sido, eres un marica de mierda.

—Ves este tenedor, a que por cinco mil pesetas no eres capaz de clavármelo en la mano —lo amenazó Carlos.

—¿Que te dé cinco mil pesetas para poder clavarte este tenedor?

—¿Estáis locos? Dejaros de tonterías —les dije.

—No es una tontería, este marica me dice que no tengo huevos para clavarle el tenedor en la mano por cinco mil pesetas. No es que me guste gastar así la pasta, pero tengo huevos para eso y mucho más, Carlita. Hasta te lo clavaría por diez mil pesetas en tu pollita. ¿Me dejas?

—Te dejo en mi mano.

—Carlos, deja de decir gilipolleces y tú, Javier, ¿por qué no lo dejas también? —les dije.

—El que nos va a dejar hacer lo que nosotros queramos eres tú, Benito —me dijeron al unísono.

—Carlos, ¿qué te pasa? Pareces tonto. ¿Qué idiotez has dicho? Vámonos.

—No, Beni, déjame hacer lo que yo quiera.

—Carlos, lo que has dicho es una imbecilidad —le dijo Manín.

Seguimos intentando convencerlo del disparate. Parecía como si la estupidez se hubiera apoderado de él. Quizás quería demostrarse algo y sufrir físicamente, nunca entendí el motivo. Al instante situó la mano izquierda para que Javier el Castañas le clavase el tenedor. La siguiente imagen fue dantesca, medio gore. Un chorro de sangre salió a más de medio metro de altura. Javier le clavó el tenedor con tanta fuerza que se incrustó sobre la mesa de madera y Carlos pegó un grito que se escuchó en la distancia.

Vicente acudió mirando incrédulo la situación, gritando a una de las cocineras que llamase a la ambulancia. Yo era el único que intentaba sacar el tenedor ante las miradas de sorpresa y desconcierto del resto. La sangre brotaba como un grifo abierto, subía por el tenedor como un riachuelo que fluye. Intentaba tapar la herida con trapos mientras procuraba extraer el tenedor con sumo cuidado. Vicente, de un tirón, sacó el tenedor.

De una manera rápida y precisa le taponé la herida con un torniquete.

Las lágrimas y la cara de Carlos eran de asombro. A los pocos minutos, la ambulancia se lo había llevado. Tras tres horas de intervención quirúrgica para reconstruirle tendones y venas, le cosieron la palma con más de veinte puntos. La movilidad de los dedos se le redujo para siempre.

«Nunca olvides: en este mismo momento, podemos cambiar nuestras vidas. Nunca hubo un momento, y nunca lo habrá, en que estemos sin el poder de alterar nuestro destino», decía Steven Pressfield.

Vicente y yo coincidimos en el lavabo para limpiarnos la sangre de Carlos. Por primera vez me felicitó, a regañadientes, por haber actuado rápido y haber sido el único en ayudar a Carlos. Cuando nos estábamos lavando la sangre, se remangó la camisa y me fijé que tenía unos arañazos en los brazos. Él no se percató ni vio mi cara de asombro por esas marcas. Me preguntó cómo había ocurrido, a lo que le respondí que había sido entre Carlos y Javier. Le dije que no conocía los motivos exactos, pero que Javier se estaba metiendo con Carlos.

—¿Y lo dejó clavarle un tenedor? —me preguntó.

—No sé por qué ha sido, pregúnteles a ellos —respondí.

Infinidad de pensamientos se agolparon en mi cabeza. La imagen de los arañazos en sus brazos rasgaba mi cerebro como cicatrices y dejaban una herida abierta. ¿Cómo se los habría hecho? ¿Tendría algo que ver con Julián? Pero Vicente no subió en todo el día, ¿o sí? ¿Y si no utilizó el ascensor para subir...? Sería la primera vez que subía sin coger el ascensor. Intenté aclarar mis ideas pensando cómo se podía haber hecho esas marcas y ninguna respuesta era convincente, las preguntas me perseguían. ¿Debería decírselo al inspector?

En dos días, saldría durante el fin de semana (aunque ya era el último antes de las vacaciones), pero me daba igual. Por fin salía después de cuatro meses de curso y los tres meses de verano. Nunca había pasado tanto tiempo sin estar en casa, se me había hecho eterno. Quería pensar en mis próximos pasos.

La imagen de Vicente limpiándose las manos de sangre y esas marcas invadían mi mente.

Después de pasar una mala noche, decidí que, sin que Vicente supiera, iría a ver al inspector jefe Pablo Piñeyro para contarle lo que había visto, con la condición de preservar mi anonimato. Ya había citado al Petacas y se sorprendió mucho cuando le conté lo que había visto en el baño.

A las seis de la tarde, mi madre estaba puntual en la puerta del internado. Qué ganas tenía de salir, casi las mismas ansias que tenía mi madre por saber lo que me había ocurrido. Fue una conversación que necesitaba.

Me habló de las cosas importantes de la vida, con el corazón, intentado transmitir lo mismo que todas aquellas fábulas y cuentos que habíamos leído. Focalizó en lo importante, orientándome, instruyéndome, me guio hacia lo bueno, me dirigió sutilmente para encontrarme a mí mismo y todo lo fantástico que hay en mí. Fue una inyección de seguridad, de valores y lo hizo recordando las moralejas de los libros, los amados tomos que guardaba en mi habitación como tesoros. Creo que debió de releer alguno, porque recordaba perfectamente lo importante que transmitían.

—Aprende a apreciar lo que tienes antes de que el tiempo y el destino te enseñen a apreciar lo que tuviste —dijo mi madre.

Después de una buena ducha —y no de cinco minutos con agua tibia—, mis amigos Juan, Iñaki, David y Pepe me recogieron en casa para salir. Primero iríamos por la calle de los vinos, donde siempre nos divertíamos, charlábamos, disfrutábamos, a veces ligábamos, pero, sobre todo, no reíamos y podíamos coger un buen pedo. Se unieron a las rondas de vinos y cañas Manolo, Gabriel, Jacobo... Cada vez éramos más. Siempre nos las jugábamos a los chinos, es decir, a adivinar cuántas monedas había en la mano derecha de todos, teniendo un máximo de tres monedas por barba. Ganaban varios y perdían otros tantos.

La noche prometía y alguno iba a acabar mal ante las ganas de beber que teníamos todos. Fuimos a los bares de siempre, donde nos conocían y las tapas eran gratis y suculentas —para no tener que gastar en cenar, solo alcohol y algunos petas, que llevaba siempre Manolo—. A mí no me gustaba nada fumar; siempre tosía, me mareaba y me sentaba muy mal al estómago. Mi cuerpo siempre reaccionaba mal ante el tabaco, sin tolerarlo, y mucho peor si estaba mezclado con hachís.

El único que tenía coche era Iñaki, los demás nos movíamos en moto. Vespas y vespinos eran nuestros vehículos. Cuando salíamos de la calle de los vinos, después de llevar más de una hora bebiendo y estando ya todos un poco tocados, decidimos ir a una discoteca muy pija, Gabeiras. Conocíamos al de la puerta, con lo que no pagábamos en la entrada, y el camarero, que tambíen era colega, nos invitaba a copas.

En la discoteca había una barra grande desde donde se divisaba el local. Todo era bastante oscuro y con decoración de los años sesenta. La pista de baile tenía una bola de espejos con luces que la enfocaban. Era lo único que resplandecía, en forma de pequeñas luces, en el garito. Estaba rodeada de mesitas y sillas pequeñas, y había un espacio al fondo, de unos veinte metros, desde donde pasando por unas cortinas de terciopelo se accedía a una zona todavía más oscura. Era para darte el lote sin ser molestado, todo parejas. Siempre mirabas desde las cortinas para ver cómo estaba de concurrida la cosa.

Fui de los primeros en llegar y, después de dar una vuelta por el antro, fui a la zona de parejitas. El mundo se me cayó a los pies con solo una mirada. El bajón fue tremendo. La borrachera se me quitó en medio segundo y un dolor me oprimió el pecho. Quería estar en un sueño. Cerré los ojos para que lo que estaba viendo no ocurriese, que no fuera ella, pero lo era. Graciela estaba dándose el lote con el pijo del reino, Gonzalo de Orange, quien, al ver mi cara —y sabiendo quién era yo—, le metió mano a su pecho como para hacerme ver que era suya, su trofeo. Ella estaba de espaldas y podía verme. Enseguida apartó la mano de su pecho.

Salí corriendo.

La había llamado por la tarde para vernos, pero me puso una mala excusa que me creí. El tiempo y la distancia separan a las personas, y a mí me separaron ese verano y parte del invierno en ese horrible internado.

Manolo me vio y salió detrás de mí.

—Beni, espera, ¡deja de correr! —me gritó.

—Tengo que irme de aquí.

—Tranquilo, yo te llevo en mi moto a donde quieras.

—Gracias, Manolo. ¿Lo has visto?

—¿Si he visto el qué? Lo único que he visto es a ti correr hacia fuera y pensé que te había pasado algo.

—Pues sí que me ha pasado. La chica que más he querido y quiero, la que me gustaría que fuese mi mujer, a la que no encuentro defectos y, si los tiene, son virtudes, con la que tenía una amistad única, como nunca había tenido… estaba morreándose con un pijo de gimnasio.

—No te preocupes, seguro que se cansa de él, y si no, ya encontrarás a otra mujer mucho mejor. Que te merezca, que te sea fiel. Con el tiempo te darás cuenta. Mi madre dice que por cada persona que te hace daño hay otra dispuesta a curar tus heridas y hacerte feliz. Vamos a tomar algo en ese bar de ahí —me dijo.

—Vale.

—¿Qué quieres?

—Un *whisky* doble.

—Pónganos dos *whiskies* dobles con mucho hielo, por favor —le indicó al camarero.

Me lo bebí de un trago y Manolo, un poco por seguirme, hizo lo mismo.

—No debería pedir tanto hielo porque no le hemos dejado ni tiempo a enfriarse —me dijo sonriendo.

—Vámonos de aquí.

—¿A dónde quieres ir?

—No sé, a la playa.

Me subí de paquete en su Vespa. Ese *whisky* doble, con todo lo que ya había bebido, se me subió muchísimo. Iba en la moto con los brazos abiertos, me sentía que quería volar. El alcohol hace postergar las penas. Por un momento, me olvidé de la imagen en Gabeiras.

Manolo no paraba de decirme que dejara de moverme, que nos íbamos a caer. Sin apenas terminar esas palabras, me vi en el suelo, arrastrado, notando el asfalto rasgar mi piel. Escozor momentáneo, dolor, sangre. Choqué contra algo. Son solo unos instantes en los que tu cerebro no asimila lo que está sucediendo, pierdes la noción. Me desperté en el hospital con la mano en alto y mis padres alrededor.

—¿Qué ha pasado? ¿Por qué tengo la mano el alto y con todas estas cosas? ¿Y Manolo?

—Manolo está en la planta de abajo, se ha roto tibia, peroné y cadera. Tu mano amortiguó el golpe contra el guarda rail, si no, probablemente te hubieras cortado el cuello. Te han tenido que reconstruir los tendones, las venas y los huesos de la mano.

En ese instante, el doctor Cobian entró en la habitación.

—¿Cómo está nuestro accidentado?

—Bien. Doctor, ¿podré seguir pintando?

—Vas a necesitar mucha rehabilitación y en dos semanas volveré a intervenirte con más cirugía. Hay que esperar a que lo reconstruido suelde bien para seguir avanzando, pero piensa que tu mano te ha salvado de seccionarte el cuello. Tienes que dar gracias a Dios por ello. Te ha dejado una cicatriz en el cuello para recordártelo. En cuanto a la recuperación total, es muy difícil, tenemos que ver cómo evoluciona. Tendrás alguna secuela en cuanto a fuerza y movilidad, hay que ir paso a paso antes de empezar a correr.

—Pero ¿podré pintar, doctor?

—No con la misma fuerza y destreza con la que sujetabas hasta ahora el pincel. Quizás tenga que cambiar tu postura de los dedos para sujetar los pinceles. Debes pensar en lo importante que es haber salvado tu vida. Ahora descansa y, aunque tener la mano en alto no sea muy confortable, en diez días te lo podré quitar. Por la tarde volveré a pasar.

—Gracias, doctor —contestó mi padre.

—Papá, el doctor no entiende lo importante que es para mí pintar. Evolución para ver cómo se desarrolla… Todo son palabrerías sabiendo que mi mano no será la misma.

—Mi querido Beni, ¿no te das cuenta de que has tenido mucha suerte de no morir? El doctor lo ha dicho: debemos agradecer a Dios que estés aquí con nosotros. Ya disfrutarás de la pintura con mucha rehabilitación y sin prisas. Ahora tenemos que ir poco a poco, paso a paso, como ha dicho el doctor. Acuérdate de Seneca: «No llega antes el que va más rápido, sino el que sabe a dónde va» —me dijo mi madre.

Al estar de vacaciones de Navidad, muchos amigos nos venían a visitar al hospital a Manolo y a mí, aunque a Manolo, en diez días, lo enviaron a casa con medio cuerpo escayolado. Una visita inesperada fue Graciela. Estaba con mi madre en la habitación, quería borrar a Graciela de mis pensamientos. Lo que había vivido, sentido, había sido tan profundo y auténtico que lo añoraba.

Algo nuevo me alteraba y lo impedía, no lo lograba. Era la imagen de Gonzalo metiéndole mano en la teta lo que me perturbaba.

—¿Se puede? —dijo al entrar.

—Sí, claro —contestó mi madre—. Qué bien que has venido, Graciela, porque así puedo ir a tomarme un sándwich a la cafetería. Esta mañana desayuné muy temprano y no tomé nada sólido. Enseguida regreso. Es muy buen paciente, ¿te importa?

—No, en absoluto —contestó Graciela—. ¿Cómo estás? Quería haber venido antes, pero no he podido.

—Ya ves cómo estoy… jodido. Aunque todos dicen que tengo que dar las gracias porque mi mano paró el golpe contra el guarda rail, si no, me hubiese cortado el cuello. No sé qué es peor.

—¡Qué tontería! Peor hubiera sido cortarte el cuello —me dijo.

—Sabrás de dónde había salido, te lo habrá dicho tu novio, ¿no?

—Si te refieres a Gonzalo, estoy saliendo con él. No lo considero novio porque solo llevo diez días conociéndolo.

—¿Y no te dijo que me había visto en Gabeiras, en el reservado, y que cuando me vio te metió mano? ¿No habla de eso contigo? Menudo pájaro el musculitos ese… Lo hizo al ver mi cara de asombro, sabiendo perfectamente quién era yo. Tú estabas de espaldas, con un jersey verde. Veo por tu cara colorada que no te cuenta lo que hace, ni lo que siente. Qué tonto he sido durante tanto tiempo.

—No has sido tonto. Lo que hemos pasado juntos nada ni nadie nos lo podrá quitar. No he tenido una amistad como la nuestra y dudo mucho que la tenga. Sé que la distancia y el tiempo nos han alejado un poco, pero todo sigue igual. Tú me conoces y yo a ti por todo lo que hemos pasado juntos; experiencias únicas, risas y momentos que nunca olvidaré.

—Pues yo no sé si te conozco lo suficiente o me tenías engañado. Quizás mi mirada limpia hacia ti no me dejaba ver cómo eras en realidad o, simplemente, me utilizabas.

—No me digas eso, me partes el corazón. Eres la persona con la que me he sentido yo misma, apreciada por cómo soy. Estoy feliz de haberte conocido. Pensé que nuestra amistad estaría por encima de todo, que era para siempre y que, si tuviera algún problema o algo importante que contar, serías el primero en saberlo. Te pido que me perdones si he hecho algo que te molestara.

—¿Que te perdone? ¿Dices que me contarías algo importante como que tienes novio? ¿Te estás quedando conmigo? ¿Desde hace cuánto no te importa lo que me ocurre? Te llamé para vernos y me dijiste que tenías que ir con tu madre, me mientes y me hablas de lo importante que soy en tu vida. Por favor, no desprecies mis sentimientos. Hay algo que no concuerda, ¿no crees?

—No seas así de cruel conmigo, Beni. Te vuelvo a pedir perdón, de verdad que lo siento. No quiero perderte como mi mejor amigo y siento no haberme preocupado por mantener nuestra amistad. Intentaré aprender de mis errores y no volver a defraudarte, ¿me perdonas, porfi?

—No soporto la mentira y el que me miente pierde uno de los valores que considero más importantes en la amistad.

—No te quería mentir, tampoco contártelo por teléfono. Quería hacerlo en persona y también conocer tu opinión.

—¿Mi opinión de que estés con un musculitos que está contigo como si fueses un trofeo y que no te quiere? Pues ya la tienes.

—Estás siendo muy duro e injusto. Va a ser mejor que vuelva en otro momento. Tengo la impresión de que estás muy molesto. Te vuelvo a pedir disculpas y espero que te mejores. Te traía este libro, espero que te guste. Dile a tu madre que me tenía que ir. Un beso. Volveré en unos días. ¿Has terminado la réplica? Sabes que mi padre te dará lo que pidas por el retrato.

—¿Me preguntas por la réplica? Sigue igual. ¿No te das cuenta que llevo desde junio en un internado, sin salir y prácticamente sin pintar, y que el único fin de semana que he salido ha sido este? La vuelta al mundo parece que te ha borrado algo de la memoria. Te agradezco el libro y la visita, vuelve cuando quieras, voy a estar una buena temporada. Y sobre el retrato, no está en venta, por lo menos, hasta que termine la réplica, que no sé cuándo será ni si podré acabarlo teniendo esta mano como la tengo.

—Hasta pronto, Beni, espero que te recuperes bien. Volveré pronto.

—Adiós, Graciela.

—Me acabo de cruzar con Graciela, le noté los ojos vidriosos. ¿Pasó algo? —me dijo mi madre entrando en la habitación.

—Nada, vino a disculparse y a decir que tiene novio y quería conocer mi opinión. Me trajo este libro, *El clan del oso cavernario*. Tiene muy buena pinta. Voy a necesitar mucha lectura, mamá.

—No te preocupes, te compraré algunos libros. También te traeré un atril porque con una mano te será difícil. Te leeré como cuando eras pequeño.

—Gracias, mamá, te quiero.

—Y yo más. Ahora, duerme un rato.

«Cualquier destino, por largo y complicado que sea, consta en realidad de un solo momento: el momento en el que el hombre sabe para siempre quién es», decía José Luis Borges.

Los días en el hospital pasaban despacio, la rutina y la inmovilidad de mi mano hacían que nunca encontrase la postura adecuada. Me irritaba no poder dormir boca abajo. La lectura del libro de Graciela me entretuvo cuatro días, mi madre me trajo otros dos libros que consideré muy buenos, *El nombre de la rosa* y *Tuareg*, de Alberto Vázquez Figueroa. Muy entretenidos, no pude detenerme en su lectura.

Otra de las visitas inesperadas fue la del inspector jefe de Policía Pablo Piñeyro y su sonriente cara me sorprendió aún más.

—¿Cómo te encuentras, Benito Buendía?

—Bien, inspector. ¡Qué sorpresa! ¿Qué lo trae por aquí? —le pregunté.

—Vengo a agradecer tu labor y para que seas el primero en conocer la noticia. La investigación sigue en secreto bajo sumario y, aunque esté aquí tu madre, nada de lo que diga puede salir de esta habitación. Sin tu ayuda este caso no se hubiera resuelto. Vicente Gómez, después de un largo interrogatorio en comisaría, ha confesado el asesinato de Julián Rodríguez. Lo que el forense pudo obtener de las uñas, y envió a analizar a Madrid, no nos permitía establecer como prueba condenatoria que el cien por cien del ADN fuese de Vicente, pero esos arañazos en sus brazos, ante el temor de que ya tuviéramos su ADN para cotejarlo, unido a un buen interrogatorio ha precipitado su confesión y culpabilidad. Gracias de nuevo. Sin ti, este caso no se hubiera resuelto. Por supuesto, nunca supo cómo averiguamos lo de sus arañazos, pero fue el hecho determinante y clave en su declaración. Es homosexual, había mantenido relaciones forzadas con Julián, que debía de tener alguna prueba o algo contra él y, supuestamente, pensaba denunciarlo. Ante estas circunstancias, lo ahogó con la almohada. El forense nos informó al día siguiente que su muerte no había sido natural.

»Bueno, espero que te mejores pronto y que esa mano pueda seguir pintando esos fantásticos bocetos que nos mostraste en tu agenda. Gracias de nuevo y, si necesitas cualquier cosa en el futuro, no dudes en llamarme.

—Gracias a usted, inspector, por su constancia y por la forma de llevar sus interrogatorios. He aprendido mucho a través de sus preguntas de cómo se puede sacar de sus casillas a la persona más pausada, segura y tranquila. Algún día también me gustaría conocer ese lenguaje corporal al que dan tanta importancia y que me explique los significados de cada movimiento. Hasta pronto.

Mi madre estaba atónita ante la conversación que acaba de mantener con el inspector. No daba crédito a lo que acababa de escuchar.

—Hijo mío, la verdad es que no dejas de sorprenderme. No me contaste nada ni que has sido tú el que fue a ver al inspector... ¡Qué orgullosa estoy de ti! Y qué contento se va a poner tu padre. Menudo internado, en el que el jefe de estudios es homosexual y un asesino.

—La verdad, mamá, cuando vi sus marcas en el baño por casualidad, él no se percató de que lo había visto. Es increíble y lo último que hubiera pensado de Vicente es que fuese gay y asesino. Es sorprendente cómo las personas malvadas pueden serlo más de lo que uno se puede imaginar. La cara, dicen, es el reflejo del alma, pero algunas personas disfrazan sus caras y sus almas. Menos mal que no dudé en ir a ver al inspector. Siempre he pensado que cada persona viene a este mundo con un destino específico, tiene algo que cumplir. Algún mensaje tiene que ser entregado, algunos trabajos tienen que ser completados. No estás aquí por accidente, hay un propósito detrás de ti. El todo tiene una intención de hacer algo a través tuyo.

El Vaino vino a visitarme, riendo como siempre y eufórico, para contarme que Vicente Gómez no había dormido los tres últimos días en el internado. Nadie sabía a dónde había ido, pero ya había un sustituto. Se llamaba Roberto y era totalmente diferente a Vicente: sonreía, era amable, no pegaba, los dejaba hasta las doce con la luz encendida con el compromiso de que se levantaran rápido al día siguiente. Era increíble cómo el internado había cambiado tanto por solo una persona. Aunque el inspector me había dicho que la noticia de Vicente no podía salir de la habitación, se la conté al Vaino, que flipó en colores. Le pedí que no lo divulgase, aunque estaba seguro de que lo haría.

Mi determinación en ir a ver al inspector había cambiado el destino y la vida de todos los internos, y puso entre rejas al asesino confeso de Julián. La elección, no la casualidad, determina el destino de las personas.

La Coruña, lunes 12 de enero de 1981.

Hoy volvimos a clases después de vacaciones. Estoy muy contenta con mi operación de nariz. Sin ese hueso que me salía tanto, la gente me nota cambiada aunque no saben el motivo. Con mi nuevo corte de pelo y con algunas sesiones de más de rayos uva, parezco otra. Estoy sumergida en felicidad. Nunca me había sentido tan contenta.

Mi amistad con Beni va a más. Jamás he tenido a una persona con la que compartir todo. Disfruto mucho con él, tanto en clase como con los perros, pero, sobre todo, en el pazo.

Beni ha cambiado, prefiere venir al pazo que tener cualquier otro plan. Hasta sus amigos le dicen que algo le pasa, que no es él. No quiere ir ni de fiestas ni de diversión y lo rechaza todo por estar conmigo en el pazo pintando. Sus conversaciones me gustan cada vez más —es muy culto, sabe de muchas cosas que yo no tengo ni idea— y lo noto disfrutar con mis animales. Ya muchos lo quieren y hasta Chita se sube a su cuello. Y no solo le encanta montar a caballo, incluso quiere aprender a saltar. ¿Quién lo diría?

No quiero perder nunca su amistad, me satisface su compañía y lo quiero. Es un amor de cariño, de hermano, supongo. Nuestras almas están unidas como si fueran una. No quiero que el sexo estropee algo tan maravilloso y auténtico como jamás había sentido con nadie. Sigo siendo virgen y lo seré hasta que me case. Él es una parte importantísima de mi vida, lo quiero como la amistad o el hermano que nunca tuve, me hace reír como nadie y está siempre de buen humor. Es como si no tuviera días malos o, por lo menos, conmigo nunca los ha tenido.

Le he preparado un lienzo de lino enorme para que me pinte a tamaño natural. Le pedí que me pintase con Chita, pero no quiere. Dice que, si hace un retrato formal de mí, no puede estar Chita, le quitaría importancia a mi figura. Voy a intentar convencerlo para que al menos aparezca dándome la mano, porque al principio le dije alrededor del cuello y se negó en rotundo.

Dentro de dos semanas, el sábado 14 de febrero, vienen los padres de Beni a comer al pazo. ¡Qué ganas de conocerlos en un día tan especial! Mi Mamá ha elegido unos marcos para los cuadros que son preciosos, embellecen aún más cada pintura.

Mi padre le pagó cinco mil pesetas por cada cuadro. Beni no quería aceptar tanto dinero. Con este primer sueldo como pintor, le ha regalado un bolso a su madre, que he elegido yo, una pitillera grabada a su padre y un *walkman* a su hermana. Me ha dicho que lo ha hecho para intentar convencer a su padre de que lo deje estudiar Bellas Artes y demostrar que se puede ganar la vida con la pintura, aunque su «no» ha sido rotundo. No lo entiendo, con lo bien que se le da pintar. Se lo he contado a mis padres para que en la comida comenten lo bien que pinta y el don que tiene, pero Beni dice que su padre es de ideas fijas, no cambia de postura y menos sobre este tema, que han discutido tantas veces.

La comida fue fantástica. Lo mejor de todo, el abrazo de mi padre con Manuela al salir del coche. Se conocen desde pequeños y trabajaron juntos. No pararon de hablar de sus recuerdos. De tanto que hablaron…, se disculparon por ello. Mi padre hasta le ofreció dirigir alguna tienda, pero Manuela está a punto de jubilarse y ya no quiere cambiar. Dice que sus clientas no saben qué van a hacer sin ella porque lleva treinta y ocho años en la tienda y, además, no son clientas, sino amigas con las que comparte muchas cosas. Pero ha agradecido a mi padre el gesto, que ha sido muy espontáneo y bonito.

No ha sido igual cuando mis padres le hablaron a Federico sobre el don de Beni para pintar. Su padre cambió de perfil, se sintió acorralado cuando todo eran alabanzas hacia Beni sobre su forma de pintar. Estaba incómodo, amenazado por ver cómo hablábamos de las dotes de Beni con los pinceles. Dijo que siempre tendría tiempo para pintar, pero que tenía la oportunidad de estudiar una carrera y eso era lo que iba a hacer, y así zanjó contundente la conversación.

Su hermana María es una auténtica dulzura. Beni me la había descrito, pero la realidad supera en mucho cualquier descripción. La bondad, humanidad y sensibilidad de las personas son muy difíciles de matizar con palabras. Nos hizo una demostración de gimnasia rítmica que nos impresionó.

Después de comer contemplamos los cuadros. Se quedaron sorprendidos, admirados al comprobar, en una visita guiada por el pazo, la similitud, el realce y el realismo que Beni había plasmado en los animales que contemplaban.

María, Beni y yo dimos un paseo a caballo. Era la segunda vez que María montaba y le rechifló absolutamente todo, no paraba de decirme la suerte que tenía. Le contesté que ahora, como ya lo conocía, podría ir más veces con su hermano. Beni me miró frunciendo el ceño, pero al final el día fue de diez. Noté que mis padres, al igual que los suyos, habían disfrutado mutuamente, como Beni y yo durante los últimos cuatro meses. Nuestras miradas se cruzaron en infinidad de ocasiones, complacientes, cercanas, felices de compartir momentos únicos. Miradas silenciosas donde nuestras almas se abrazaban y disfrutaban.

Me costaba mucho quedarme quieta tanto tiempo. Beni tiene una paciencia infinita. Le dije que, si lo había hecho tan bien con los animales —que solo se quedan quietos mientras duermen—, tendría que ser más fácil pintarme a mí. Me confesó que, para los matices de las caras, había utilizado alguna fotografía que, por supuesto, no quería utilizar conmigo. Dijo que las luces, sombras, texturas, tonos, dimensiones, formas, contrastes, ritmo y pliegues (de un vestido rojo que ya aborrezco de ponérmelo tantas veces) solo se consiguen con la modelo, el paisaje o el objeto.

«El dibujo es una especie de hipnotismo: uno mira de tal manera el modelo, que viene y se sienta en el papel», decía Pablo Picasso.

Me siento encantada con todo lo que he aprendido de pintura y de poder ver los cuadros de otra forma. No tenía ni idea de nada y me sorprendieron mucho las decisiones que toma para colocar las formas, luces y colores. Lo que también hace es reflexionar conforme al ritmo. Me comentó que una obra puede tener más o menos ritmo, desde un ritmo nulo por ser una obra muy plana, hasta un ritmo muy frenético a base de formas y repeticiones. Según cómo es el ritmo que deseamos transmitir, más rápido o más lento, se necesita dibujar esas formas que se repiten. El ritmo, me explicó, no debe entenderse de un modo global, sino también como los pequeños elementos dentro de la imagen que se irán repitiendo. Las pequeñas pinceladas que se repiten para representar las hojas de un árbol, por ejemplo, o las pinceladas simples en formas complejas dan viveza y energía a la imagen, incluso sentido a la obra.

Me hace sentirme como Gala para Dalí (salvando las distancias). Pero sus trazos, me dijo, nunca han sido tan innatos como desde que comenzó a pintar en el pazo. Tenía la obra en la mente antes de realizarla y sus pinceles simplemente se deslizan por el lienzo. Me asombró cuando pintó mis animales y quiero ver esa forma de aplicar los trazos en mi retrato.

«Nadie es artista a menos que lleve su cuadro en la cabeza antes de pintarlo y esté seguro de su método y composición», decía Claude Monet.

El 15 de mayo terminó el cuadro. Me quedé paralizada al contemplarlo. Transmitía sentimientos míos, una estética que me realzaba como persona, una mirada sutil e inteligente que no entendía cómo había conseguido. Estaba admirada por lo que había hecho, asombrada por mi retrato. Jamás me había sentido igual de conmovida al verme y al mismo tiempo me hacía reflexionar sobre mi mirada. La había engrandecido, era más persuasiva, envolvente. Atrapaba la atención cada pincelada, los colores, las luces, las sombras…. Arte en su estado puro. Todo era belleza mía inigualable.

—¿Te gusta? —me preguntó.

—¿Que si me gusta? Es lo más bonito que he visto nunca y soy yo la protagonista. Estoy entusiasmada, rechiflada por lo que has creado. Es simplemente maravilloso.

—Sí, me ha gustado. He puesto mi corazón y mi alma. Lo tenía en mi mente antes de pintarlo y he pensado en hacer otro igual, como si fuera una réplica, con Chita de tu mano y cambiando luces y sombras. Así podrás contemplarlos juntos para meditar sobre pequeños matices que solo entenderán los que amen el arte y entiendan la belleza. Serás mi maja vestida, no te desnudaré…, o sí, si tú quieres… No será fácil. Ahora me viene a la mente unas frases de Picasso: «Siempre estoy haciendo lo que no puedo hacer para aprender cómo hacerlo» y «Aprende de las reglas como un profesional, entonces podrás quebrantarlas como un artista».

»Como falta poco para el verano y te vas a ir a dar la vuelta al mundo con tus padres, les enseñamos la pintura y después me llevaré los materiales y el otro lienzo grande para hacer la réplica en mi casa. Falta acabarlo y tiempo de secado.

—¿Qué acabado? Si esta insuperable.

—Nada, cosas mías. Brillos, luces, sombras y algún retoque. Los retratos son interminables. Siempre se pueden mejorar matices, detalles, repasar tonos, difuminar, añadir más capas a las muchas que ya tiene. Contémplalo desde lejos, ¿notas falta de nitidez y colores azulados?

—Ahora que lo dices, desde lejos se pierde nitidez. Será por la distancia, ¿no?

—Fue uno de los grandes descubrimientos del más grande, Leonardo, que en una época donde se tenía muy en cuenta la solidez y la perfección de la línea, se dio cuenta de que las líneas de contorno, y en general los objetos, perdían nitidez con la distancia por el efecto del aire. Como puedes observar, el enigma y la sonrisa de la Gioconda se deben a la pérdida de nitidez de las líneas en un retrato en primer plano, en el cual parece sentirse el aire. Este descubrimiento lo realizó a base de la técnica de esfumar.

—¡Cuántas cosas sabes, Beni!

—Pues una más que no sabes y que decía Paul Cézanne: «Una obra de arte que no comenzó en la emoción no es arte». Y tú, Graciela, has inyectado arte en mis manos.

Hospital Modelo, La Coruña, enero de 1982.

El accidente cambió completamente mi vida. Incluso por primera vez noté que mi padre no era tan estricto, quizás porque sentía lástima por mí o porque dudaba sobre cómo actuar ante una situación tan inesperada.

La buena noticia fue que no volvería a ser interno. Hablaron con el director para que solo asistiese a los exámenes y que, semanalmente, me dijeran los deberes y trabajos a realizar. La rehabilitación y revisiones de mi mano iban a significar un sacrificio descomunal.

Lo tenía bastante claro, iba a recuperar mi mano para poder pintar costase lo que costase. Mi sacrificio y esfuerzos iban a ser sobrehumanos, me dedicaría a ello en cuerpo y alma.

El tiempo en el hospital pasaba despacio, algunos de mis amigos seguían visitándome y también Graciela, que me pedía perdón y lloraba en la habitación. Me hacía sentir culpable de algo que yo no había hecho. La consolaba diciendo que la perdonaba, pero ella notaba mi distanciamiento y mis pocas ganas de entablar conversaciones.

Me traía muchos libros que alguien le recomendaba para hablar de ellos. Quería leérmelos. Yo le solía poner una disculpa al cabo de un rato. Me trajo *Los Mares del Sur, Los renglones torcidos de Dios, La casa de los espíritus,* de Isabel Allende… Hasta me trajo *Love Story,* no sé si con alguna intención… Me los devorada rápidamente, eran muchas las horas de aburrimiento.

El día 15 de febrero (un año y un día después de la comida de mis padres en el pazo) y después de tres intervenciones quirúrgicas en la mano, me dieron el alta hospitalaria. Todas las mañanas tenía tres horas de rehabilitación. Mi padre me compró todos los pequeños aparatos para recuperar fuerza, movilidad y destreza. Al principio era muy frustrante porque no podía hacer movimientos que siempre había realizado sin ningún problema. Ahora mis dedos no obedecían las órdenes, no me permitían cerrar el puño completamente o coger con soltura y agilidad pequeños objetos. Incluso tenía muchas dificultades para comer sopa sin derramarla.

Hasta dormido ejercitaba la mano. Mis progresos eran constantes, pero me faltaba mucho para volver a tenerla como antes. Seguía hinchada y llena de puntos —más de cincuenta—. La miraba y me resultaba extraña, no la reconocía.

Era completamente diferente a mi mano izquierda. Por no tener, no tenía ni un nudillo a la altura donde debían de estar. Las cicatrices la rodeaban como una verja de espinas. No podía ni siquiera apreciar en la palma la

«M» que todos tenemos. Parecían trozos de plastilina intentando tapar una cicatriz enorme que atravesaba la mitad de la mano.

Mis padres estaban muy pendientes de mí. Un día, sin yo esperarlo, mi padre me dijo si quería estudiar el siguiente año COU en Londres y vivir con una familia inglesa. Aprender inglés perfectamente, hacer nuevos amigos, conocer nuevos lugares...

Lo necesitaba. Ilusiones nuevas llenaron mi mente de sueños y emoción. La experiencia de vivir en Londres e intentar olvidar a Graciela no viéndola eran algo que mi padre había pensado y había acertado plenamente. Aprobé tercero de BUP a distancia y mi rehabilitación y ganas siguieron intactas. Algunos fisios se asombraban de mi sacrificio, ya que estaba todo el día ejercitando la mano. Cuando llegó el verano, intenté coger un pincel, pero no había pasado el tiempo suficiente. No conseguía realizar las pinceladas que quería, lo que me frustraba mucho.

El retrato de Graciela y la réplica medio iniciada abstraían demasiado mis pensamientos en todo lo vivido. Decidí embalar los dos lienzos y que mi amigo Iñaki los guardase en la casa de campo de sus abuelos. Le pedí que no se lo dijera a nadie, pues eran unos lienzos sin terminar, pero cuando volviera a tener la mano en condiciones los terminaría.

«Aférrate a tus sueños porque, si los sueños mueren, la vida es un pájaro de alas rotas que no puede volar.

Aférrate a tus sueños porque, cuando los sueños se van, la vida es un campo estéril congelado por la nieve», decía Langston Hughes.

El año en Londres fue lo mejor que me podría haber pasado. Conocí a gente de todos los continentes, de diferentes costumbres y religiones. Londres es la ciudad más cosmopolita de Europa, la mezcla de culturas es inimaginable.

Había conocido Londres como turista con mis padres, pero vivir allí de estudiante fue una experiencia en sí misma. La falta de libertad que había sentido en el internado se convirtió en una liberación, en una independencia que jamás había sentido. Me encontré a mí mismo sin ataduras ni bridas que me atemorizaran o silenciaran.

Mi padre, a través de unos amigos que también tenían una agencia de viajes en Londres, me consiguió el colegio y la familia. Vivía al norte, en East Finchey, con la típica familia inglesa, que tenían un hijo —David, de veinticuatro años—, que era *chef*. El colegio King Alfred School estaba a cinco paradas en metro, cerca de Camden Town.

El 20 de agosto comenzaron las clases. Nunca me habría imaginado una clase con tanta mezcla de culturas. Los ingleses no eran ni la mitad de la clase. Italianos, alemanes, franceses, rusos, marroquíes, holandeses, asiáticos, americanos y mi primera amiga de Tailandia. Éramos veintiocho en clase.

Seguía con mi rehabilitación y, de tanto ejercicio, mi antebrazo derecho empezaba a tener más musculo que el izquierdo, como si fuese un tenista. Usaba entrenadores de dedos, una especie de gomas para que los tendones de mis dedos se fortalecieran. También tenía bolas antiestrés y las de fuerza, para variar de movimientos.

Es increíble cómo el cuerpo humano se recupera a base de trabajo. Con sacrificio se adapta para lograr físicamente lo impensable. La mejor máquina creada, evolucionada y perfeccionada durante millones de años para convertirnos en lo que somos hoy.

Ya podía apretar el puño y mis dedos, excepto el meñique y anular, empezaban a recobrar fuerza, habilidad, destreza y a realizar movimientos que unos meses atrás era impensable realizar. La verdad es que el meñique y el anular apenas los utilizas en la pintura, así que, por lo demás, me traía sin cuidado su utilidad y la limitación de movimientos.

Siempre he pensado que las personas fuertes crean su propio camino, mientras los débiles sufren lo que les impone el destino.

La primera chica que quise conocer se llamaba Malai, tailandesa de Bangkok. Nuestras miradas se cruzaron el primer día de clase y sentí curiosidad por conocerla, cosa que hice en el primer recreo.

Mi inglés era normalito. Me faltaba soltura, debía incrementar vocabulario y tenía algún problema si me hablaban muy rápido, sobre todo, con acentos raros

—irlandeses o escoceses cerrados—, pero me hacía entender perfectamente. Mucho más difícil me resultaba memorizar en inglés. Al principio tenía que estar traduciendo y memorizando, un proceso muy lento para el estudio. Cuando no se usa con frecuencia una palabra, es muy difícil memorizarla.

Malai era tímida, de rasgos finos, morena, de melena larga y lisa, ojos negros, pequeña, delgada y en su cara, como dice el refrán de su país, tenía una sonrisa permanente. Sus gestos eran armoniosos y movía constantemente las manos para expresarse. También vivía con una familia de ingleses y en la misma calle que yo, a tan solo ocho casas. Una gran coincidencia o casualidad porque comenzamos a quedar para ir y volver juntos del colegio.

Nos fuimos conociendo poco a poco. Ella me recordaba por su bondad a mi hermana María, aunque su timidez me hacía gracia. Empezaba a ponerla a prueba para conocer sus reacciones y ella no paraba de reírse conmigo. Me contagió y me maravilló su forma de ser, su bondad, su calma, su paz, el modo de ver positivamente todo y lo importante que consideraba la meditación.

Me intrigaba su religión, que considero más como una filosofía de vida. Quise conocer e indagar sobre el budismo y comencé a leer libros: *Mente Zen, mente del principiante*, de Shunryu Suzuki; *El corazón de las enseñanzas de Buda: El arte de transformar el sufrimiento en paz, alegría y liberación*; *Hacia la paz interior* y *El milagro de mindfulness*, los tres de Thich Nhat Hanh. Inciden en que solo se puede lograr la paz mundial a través de la transformación del individuo. Es un proceso difícil, pero es la única vía. El amor, la compasión y la generosidad son los fundamentos básicos de la paz, debemos tomar conciencia de ello y transformarnos hacia ese fin. También muestra la conexión entre la paz personal, la paz interior y la paz en la Tierra para ser capaces de cambiar la vida individual y la de toda la sociedad, frases de un monje excepcional, Thich Nhat Hanh, del sur de Vietnam, que en 1961 visitó Estados Unidos para estudiar e impartir clases en Columbia y Princetown. En 1963 sus amigos monjes de Vietnam le telegrafiaron para que regresara y los apoyara en su labor de detener la guerra que siguió a la caída del régimen opresor de Diem. Lo hizo y lideró el primer movimiento de resistencia no violenta más importante del mundo. Junto con estudiantes y profesores fundó la Escuela de la juventud para el servicio social, se desplazaron a zonas rurales para levantar escuelas y clínicas, reconstruyeron pueblos enteros que habían sido bombardeados. Cuando cayó Saigón había más de diez mil monjes y jóvenes voluntarios sociales trabajando con él. Creó la editorial más importante de Vietnam, *La Boi Press*, y ejerció de editor jefe de la publicación oficial de la Iglesia Budista Unificada, aunque sus escritos fueron censurados por los dos gobiernos enfrentados.

Volvió a Estados Unidos para promover un alto al fuego y una solución negociada. Martin Luther King quedó tan conmovido por su propuesta de paz que reivindicó para él el premio Nobel de la Paz en 1967 con las siguientes palabras: «Nadie es más meritorio del premio Nobel de la Paz que este amable monje vietnamita».

King lo quería su lado y lo hizo participar en conferencias. Una de ellas, en Chicago, donde pidió por primera vez la finalización de la guerra. Sus alegatos pacifistas crearon la corriente en contra de la guerra de Vietnam y King siguió este alegato pacifista hasta su muerte. En 1973, tras la firma de los acuerdos de paz, le denegaron el permiso para regresar a Vietnam. A pesar de no poder volver a su país natal, sus manuscritos y libros circularon ilegalmente allí.

Ayudó clandestinamente desde el exilio a familias hambrientas e hizo campaña a favor de escritores, monjes, artistas y religiosas que estaban presos por sus creencias y su arte.

En la actualidad vive en Plum Village, una comunidad de meditación en el sur de Francia, a la que acuden anualmente cientos de personas para escuchar al maestro Thich y aprender sus sencillas técnicas de meditación. A sus 93 años sigue pareciendo mucho más joven y se ha convertido en uno de los grandes maestros del siglo xx. Nos intenta iluminar para que dejemos la obsesión que tenemos por la velocidad, la eficiencia y el éxito material que caracteriza a nuestra sociedad. Su forma simple de expresarse revela un mensaje profundo que procede de sus meditaciones y su formación budista.

La sonrisa es fundamental para relajar los músculos del cuerpo, produce efectos benéficos para nuestro sistema nervioso. «Si estamos en paz, si somos felices, si podemos sonreír, nuestra familia y la sociedad en la que vivimos se beneficia de nuestra paz».

Hacia la paz interior es una recopilación de lecturas, conversaciones y escritos publicados de Thich Nhat Hanh. *El milagro del mindfulness* ha sido uno de los primeros libros de autoayuda. Realmente me impactó y seguí muchos de sus consejos, algunos no los olvidaré nunca: «El dolor es inevitable, el sufrimiento es opcional», «Alégrate porque todo lugar es aquí y todo momento es ahora», «No es más rico quien más tiene, sino el que menos necesita», «El odio nunca es vencido por el odio, sino por el amor»... Infinidad de frases profundas que te hacen reflexionar mucho.

No tenía ni idea del personaje, jamás lo había oído nombrar, pero me zambullí en su vida, que me impresionó y me dejó una huella imborrable. Todos me fueron recomendados por Malai, le encantaba que yo aprendiera sobre budismo y le hiciera preguntas. Ella hizo lo mismo con la religión católica, preguntando y leyendo sobre aspectos peculiares de la Iglesia. Las enseñanzas de Jesucristo le fascinaban. Conocía bastante más de la religión católica que yo de la budista.

Siempre he tenido dudas en cuanto a la religión. Por ser como somos o lo que somos, creemos en lo que creemos por el lugar donde hemos nacido.

Algo importante cambió en mi interior, comencé a meditar todos los días diez minutos al levantarme y al acostarme. Oír mi cuerpo, respirar, relajarse, ejercitar la mente y el corazón para una mayor libertad mental y emocional. Es simplemente un entrenamiento para ser más consciente de las experiencias mientras ocurren, con una actitud amable, cálida y de interés. Mente y cuerpo en equilibrio.

Nos fuimos conociendo un poco todos los días. Al cabo de un mes quedamos un domingo para ir al mercado de Portobello. Cuando estábamos comiendo y bebiendo en un restaurante italiano, y riéndonos a carcajadas de disfrutar de la vida de estudiante, le di un beso que me recordó a cuando besé a Graciela en la noche de San Juan. Malai respondió besándome más y me confesó que desde el primer momento que me vio sintió algo muy especial hacia mí. Volví a tener una sonrisa que no podía quitármela de la cara, algo que hasta hacía muy poco había considerado que sería impensable.

Graciela quedaba atrás. La seguía recordando, pero la tenía (*in the back of my mind*) en el fondo de mi mente.

Recuperé la alegría por vivir. Me sentía querido, repleto de felicidad. Mi corazón volvía a latir y despertaba el lado positivo de todo en la vida. La visión, el enfoque, la perspectiva, todo cambia. Aunque el día sea gris, llueva y no se vea el sol, este igual resplandece. Llueve para limpiar la contaminación y no hace falta ver el sol;

simplemente, se ha escondido. Tu corazón mira lo que nadie es capaz de ver, sonríes más. La comida, los profesores, todo es mejor cuando quieres a alguien y te sientes querido. Tienes unas gafas especiales que te hacen ver el mundo de otra forma, con otros colores...

Quería pintar, gritar de felicidad, mi corazón bombeaba bienestar de nuevo. La parte racional de mi cerebro comenzaba a realizar constantemente comparaciones con Graciela y, aunque la balanza estaba a su favor por lo que habíamos vivido, el carácter y la forma de ser de Malai comenzaban a equilibrar mi mente.

Pensé que la primera vez que hiciera el amor con Malai tenía que ser muy especial, tenía que ser inolvidable, mágico. Entonces me surgió la idea de París, la ciudad de la luz, del romanticismo, de la belleza, del amor...

Tenía algo de dinero ahorrado, pero necesitaba conseguir más para ir un fin de semana sin cortarme en París, para que fuera inolvidable.

Malai me había confesado que no había tenido novio y me acordé de cómo había perdido mi virginidad. Tenía que hacer todo lo contrario, que fuese recordado con amor y cariño. Lo tenía que hacer; no sabía cómo, pero ese era el plan. Era el lugar perfecto, no había otro. Podíamos ir hasta Dover para coger el barco hasta Calais y la carretera hasta París. No le dije nada a Malai hasta tener más certidumbre sobre el proyecto.

Mis padres y mi hermana vinieron a visitarme en el puente del 12 de octubre. Le trajeron vino albariño y jabones de La Toja a mi familia inglesa, visitamos el Museo de Historia Natural en South Kensington y María se quedó boquiabierta en el *hall* principal al ver el enorme diplodocus de veintiséis metros y toda la evolución de la vida en la Tierra. Es simplemente fascinante lo bien realizado y explicado que está, un homenaje a Darwin y su teoría sobre las especies, que devuelve un poco de lo mucho que nos ha dado alguien tan importante en la historia de la humanidad.

El Museo de la Ciencia son siete plantas llenas de artefactos y experimentos interactivos que entretienen a cualquiera. Se pasa el tiempo volando, disfrutamos como niños. Incluso mi padre tocaba hasta lo que decía «*Do not touch*», lo que no se podía.

Vimos el cambio de guardia en el Palacio de Buckingham y el Museo Británico, donde ya habíamos estado, pero sigue igual de impresionante. La colección del Antiguo Egipto, con todas las momias, sarcófagos y tumbas de los faraones de las diferentes dinastías... Es alucinante cómo los ingleses pudieron arrebatar esos tesoros de Egipto.

Las salas con las civilizaciones que han poblado la Tierra, con esa colección de antigüedades y objetos únicos en el mundo, te trasladan a tiempos pasados, te retrotraen a cómo vivían hace miles de años.

El último día lo dedicamos a pasear por el centro: Puente de Londres, Big Ben, Hyde Park y compras desde el mercadillo de Camden Town, Trafalgar Square,

Oxford, Soho, Carnaby Street y, por su puesto, Hamleys, donde María quería quedarse a vivir. Acabamos, ya molidos, en Harrods.

No les presenté a Malai porque ella no quiso. Alegó que nos conocíamos desde hacía poco tiempo y no tenía sentido conocer ya a mi familia. A mí me hubiera gustado presentárselos, pero entendí sus motivos.

«El hombre no controla su propio destino, las mujeres en su vida lo hacen por él», decía Groucho Marx.

En la cena del último día, mi padre, pensando en el futuro, me dijo:

—Han sido tres días fantásticos, tiempo de calidad y, como tu hermana ha dicho, lo repetiremos. Ahora, una vez termines con buenas notas y te convaliden las asignaturas de este año, tienes que preparar muy bien la selectividad para sacar una buena nota. Elegir carrera y universidad es una de las decisiones más importantes. Había pensado en dos ciudades, Santiago y Madrid, para que elijas dependiendo de si quieres estar más cerca de nosotros o prefieres la capital.

—Prefiero Madrid, pero lo importante no es la ciudad, sino lo que voy a estudiar y, papá, sabes que quiero Bellas Artes. Es lo que me gusta, con lo que disfruto, para lo que creo que he nacido.

—No digas tonterías, has nacido para eso y mucho más. Si tanto quieres pintar, hazlo después de estudiar y aprender una carrera importante. Hay mucha gente que estudia varias carreras a la vez y el que algo quiere, algo le cuesta.

—¿Y qué carrera quieres que estudie?

—económicas, empresariales, Derecho… y, si tanto te gusta dibujar, estudia Arquitectura o ingeniero de caminos, decide tú.

—Papá, a mí los números y las leyes no me gustan, no tengo las capacidades mínimas para ni siquiera entenderlos ni memorizar leyes. En cuanto a Arquitectura, es un dibujo técnico y hay que hacer muchos números, saber sobre materiales, construir, proyectar.

—¡Aprender! Benito, eso es lo importante, ¡aprender! Te gusta dibujar y ser creativo, estudia Arquitectura y, si quieres, por las tardes o en otros momentos, pintas. Seguro que en Arquitectura también tienes que dibujar mucho.

—Bueno, Federico, vamos a ver las posibilidades y que lo piense, es importante que pueda compaginar Arquitectura y pintura —dijo mi madre.

—Papá, a Beni lo que más le gusta es pintar y lo hace muy bien —intentó ayudar mi hermana.

—Como dice tu madre, veremos las opciones y, aunque me gustaría que fueses ingeniero, puede que Arquitectura sea más apropiada para ti —respondió mi padre.

—Vale, papá, vamos viendo las opciones e intentaré sacar una buena nota en selectividad.

Al día siguiente acompañé a mis padres al aeropuerto y me despedí de ellos. Me quedé pensando que, si no sacaba una buena nota en selectividad, no podría acceder a la carrera de Arquitectura. Mi padre se enfadaría muchísimo y quizás no me dejaría ni estudiar Bellas Artes. Por lo menos, Arquitectura, dentro de lo malo, era lo menos malo.

Mi vida con la familia inglesa era muy agradable. Me dejaban hacer lo que quería y el único problema era la comida. Solo estaba incluido el desayuno, tenía mi propia nevera y podía utilizar los cacharros y lo que necesitase, y debía fregar después.

Mi problema era que no sabía cocinar. La cocina es tiempo, dedicación y cariño. Durante las ocho primeras semanas cocinaba filetes, huevos y pollo —todo frito—, y compraba *fish and chips* en la calle. Además, me hacía ensaladas o las compraba ya hechas en el supermercado.

David, el hijo de la familia, era *chef* de *catering* para eventos, cumpleaños, fiestas… Fue él quien me enseñó a hacer una tortilla de patatas —porque ni eso sabía hacer—. Con el tiempo aprendí a cocinar legumbres, pescados y a utilizar el horno, que en mi vida había usado.

Un día David me pidió que lo ayudara a cocinar para una fiesta y fuera de camarero después, y ofreció pagarme. Así comenzó una relación de amistad y de trabajo que me permitía ganarme un dinero extra. Al poco tiempo, Malai también le ofreció incorporarse. Me puso en contacto con un amigo que pintaba casas. Como España no pertenecía a la Unión Europea, no podía trabajar legalmente, pero trabajaba aún más y los fines de semana pintaba casas por dentro y por fuera. A veces tenía dolores tremendos de cuello por estar tanto tiempo mirando hacia arriba.

La consigna, si iba algún inspector o alguien preguntaba, era contestar que era amigo de la familia de la casa y simplemente estaba ayudando.

El dinero, al ser en negro y no tener ningún seguro de nada, eran diez libras la hora, todo un dineral extra.

Mi vida comenzaba a ser idílica y por primera vez en mucho tiempo dibujé a Malai a lápiz. Se sorprendió con el dibujo. No era que tuviera la mano recuperada al cien por ciento, pero casi, obviando el meñique y anular, que los mantenía sin movilidad ni destreza. Me faltaba lo que solo había conseguido pintando en el pazo: seguridad en el trazo, saber lo que iba a hacer antes de realizarlo. No lo conseguía, necesitaba aclarar mi mente, no veía los colores como antes. Mis dudas se mezclaban y mi indecisión afectaba directamente a la pintura.

Era feliz, mi vida con Malai en Londres era idílica, un sueño.

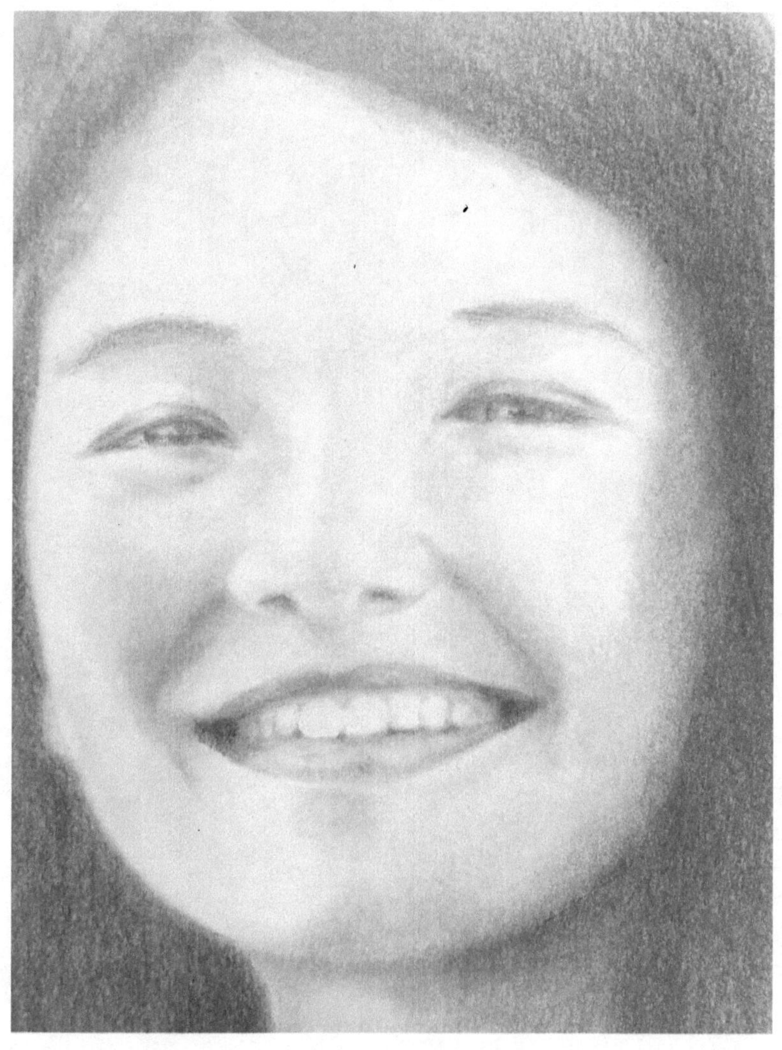

«El tiempo pasa muy lento para los que esperan, muy rápido para los que temen, muy largo para los que sufren, muy corto para los que gozan; pero para quienes aman, el tiempo es eternidad», decía William Shakespeare.

Duelo en el alma

Londres, 9 de diciembre.

Todos tenemos algún día del año señalado en el calendario en rojo sangre, un día que recordaremos para siempre porque algo terrible sucedió. Para mí ese día es el 9 de diciembre de 1982, un año justo después de la muerte de Julián.

Era jueves. Yo volvía del colegio acompañado de Malai y, al entrar en casa, el padre de la familia, Jay, estaba esperándome con cara de circunstancia. Muy serio, me dijo que mi madre había llamado y que había pedido que la llamase en cuanto regresara.

—Hola, mamá, ¿qué ha pasado?

—*¡Ay, mi niño! Por fin has regresado. No sabes lo espantoso que ha sido, todo tan de repente, es que todavía no me lo creo.*

—Pero ¿qué pasa?

—*¡Tu padre! Le ha dado un ictus mientras conducía.* —Oía cómo se sonaba la nariz y lloraba—. *Recogió a tu hermana en el colegio y ¡no ha sobrevivido! Hijo mío,* *tu hermana está en el hospital, pero está bien. Lo siento tanto… si es que no paraba de trabajar. Te he cogido un vuelo para esta noche… ¡Ay, cuánto lo siento! Esto no tendría que haber pasado. ¡Ay, mi Beni! No puedo más, ven ya, te necesito.*

—Dios mío, mamá, pero ¿por qué? No me lo puedo creer.

—*Ni yo, cariño. Te necesito aquí. Llegarás a las once a Madrid y a las once treinta tienes otro vuelo a La Coruña. Te quiero, mi amor. Lo siento, no puedo hablar. Estaré en el aeropuerto. Te quiero, mi ángel, estoy deseando verte.*

Mi mente no asimilaba lo que me acababa de contar mi madre. Quería que fuese un sueño, que estuviese dormido, que no fuese real. No podía ser. Mi padre se había muerto. Acongojado, un dolor intenso me atravesó el pecho. Salí corriendo de la casa. Jay, preocupado, salió detrás de mí. Le dije que regresaría pronto. Necesitaba ver a Malai, tenía que contárselo, compartir con alguien que me quería mi pena.

Me consolaron sus abrazos, sus besos, sus caricias. Me hubiera gustado que me acompañase y pensé que ya nunca conocería a mi padre. Me remordía no haber podido despedirme, no haber podido decirle lo mucho que lo quería y que, aunque no coincidiésemos en muchas cosas, sabía que todo lo hacía por mi bien.

Me quedé seco de tanto llorar, mis lágrimas de rabia eran de protesta contra la sociedad, por hacer que buenas personas trabajen demasiado.

Solo me quedaban su memoria, los viajes que habíamos hecho juntos, su tiempo de calidad. Cuánto más amas a una persona, más sufres la pérdida. Nunca más iba a verlo, pero para siempre estaría conmigo. Quería sentir sus palabras, su risa, sus frases sobre la amabilidad, sobre el desperdicio de comida, los viajes, su amor y su gran corazón, que tantas veces había abrazado y escuchado latir mientras me dormía. Jamás esos recuerdos de amor y cariño se borrarían de mi memoria.

El vuelo fue horriblemente lento, interminable. Mi dolor interior no disminuía. Al contrario, desde que había dejado a Malai, que me acompañó hasta la seguridad del aeropuerto, el pecho y mi cabeza me estallaban.

Sentía que algunas personas me miraban con desprecio. Me puse las gafas de sol, que no me quité ni en el vuelo para que no viesen mis lágrimas. No era que me importara, sino que noté, en alguna persona malvada, su regocijo al comprobar mi sufrimiento. Miradas que lanzan agujas a los ojos; algunas de compasión, pero otras de rencor y malvadas. A cada mirada la acompaña una cara que lo corrobora.

Mi madre me esperaba a la salida del avión, a los pies de la escalerilla. En el aeropuerto, mi padre era muy conocido por todos los aviones que fletaban a Alemania. Su cara era un poema, se deshacía en lágrimas. Nos fundimos en un abrazo eterno, no queríamos despegarnos.

Mi mente no se acostumbraba a pensar que no lo vería más. Iba a cumplir cincuenta y nueve años el 13 de enero. Por acercarse a los sesenta, últimamente había empezado a hablar de su jubilación, de países que le gustaría visitar con nosotros y también de alguno al que quería ir solo con mi madre: Venecia, Florencia, Costa Azul, Egipto... Tantos lugares... Tantos recuerdos que se inmortalizarían desde ese momento.

¿Por qué? No aceptaba el hecho. Buscaba un culpable. Algo en mí había cambiado en solo cuatro meses en Londres. Aborrecía la sociedad materialista. Al consumismo, que nunca me había importado, lo veía diferente, como algo perverso, y mi odio hacia el tabaco se hizo enfermizo. Fue lo que realmente le dio la puntilla, unido a tanto trabajo y estrés.

El tanatorio estaba a reventar ya antes de que llegáramos. Ahí me di cuenta de que lo que uno hace por uno mismo se evapora, pero lo que hace por los demás... es lo que dejas, es tu verdadero legado, por lo que serás recordado.

Estaban todos mis amigos y todos los suyos. Miles de abrazos, miles de perdones, miles de lágrimas, miles de «lo siento», miles de despedidas, miles de sollozos...

Había gente que no conocía de nada. Algunos emigrantes mayores de piel curtida, rostros compungidos, con arrugas de mucha lucha y sufrimiento en sus vidas, pero allí estaban, llorando como niños por su pérdida, diciéndome que mi padre era la mejor persona que habían conocido. Sus comentarios llenaban mi corazón vacío, huérfano, me aliviaban parte del dolor en el pecho, me hacían recordar lo grande que había sido mi padre y el orgullo de ser su hijo. Empezaba a sentirlo cerca, hablándome, aconsejándome. Me sentí privilegiado de ser quien era, orgulloso de ser su hijo, de haber aprendido y compartido de una persona tan extraordinaria como mi padre.

Mi madre quiso cerrar el ataúd. Le di un beso en su fría frente antes de despedirme. No quería que se fuese, que cerrasen la tapa y dejar de contemplar su cara. Sabía que desde ese momento estaría siempre conmigo, *every day from now on*. Me miraría desde el Cielo, en un lugar privilegiado por su bondad en la Tierra. Podría acariciar su alma eternamente. Tenía tanto para recordar que mi memoria sería mi tesoro.

Mi madre puso en el tanatorio una foto de los cuatro riéndonos. Me acordaba perfectamente del instante en Roma, acabábamos de comer una pizza y nos estábamos riendo con mi hermana porque se comió dos pizzas enormes y le costaba caminar.

A mi hermana la fuimos a ver al hospital. Tenía la cadera y un golpe muy fuerte en el cuello y la columna. Otra vez los médicos nos contaron que deberían ir viendo su evolución, sobre todo, la de una vértebra que necesitaría tiempo y rehabilitación para que no sintiera dolor haciendo ciertos movimientos en sus ejercicios de gimnasia. Ella, sin saber nada, nos contó lo horrible que fue el accidente:

—Papá estaba fumando y, de repente, dijo «Me mareo» y se desplomó sobre el volante. Le grité: «Papá,

papá...». Chocamos y me desperté en el hospital. Pobre papá.

Lloraba sin cesar. Quería ir al entierro, pero era imposible. Su cadera y su columna necesitaban reposo absoluto. Los tres nos dimos un abrazo de amor sintiendo el dolor mutuo, uniéndonos en torno a esa inmensa figura que dejaríamos de ver, pero no de sentir. Uno a cada lado de María, con el collarín y su golpe, aunque lo que nos dolía más era el corazón y el alma.

Las coronas de flores no cabían en el tanatorio, tuvimos que contratar varias furgonetas para llevarlas. Fueron muchas las familias que lo recordaron. En el entierro se las regalamos al cura para decorar la pequeña iglesia y el cementerio de San Amaro, donde, mirando al mar, la brisa marina con un silbido constante azota las lápidas, losas y pequeños panteones. Escuchas cómo el mar quiere recuperar lo que antaño fue suyo y, allí, las tumbas y panteones desafían la fuerza del mar y del viento.

Cuando me muera quiero que me incineren. Quizás mis cenizas las esparzan cerca de las suyas.

Es terrible el ritual de la lápida, los sonidos de los obreros que usan las paletas para blandir el cemento, el interminable cerramiento del sepulcro sin que pueda salir ni un resquicio de aire, los sollozos, las lágrimas, los silencios de la tristeza que se juntan con los llantos de dolor.

Pensé, y se lo comenté a mi madre, si podría resucitar. Si a lo mejor era una catalepsia. Por mi mente circulaba ese pensamiento y mi madre, junto con el doctor, me explicó que era imposible. Mi padre me había enseñado que siempre es mejor preguntar. Si no preguntas la duda existirá para siempre. No deben quedar en nuestra mente dudas que tienen respuesta o solución y, aunque se tenga miedo de hacer el ridículo, es más absurdo mantener la duda infinitamente. Las personas que no tienen seguridad en sí mismas se quedaron sin hacer muchas preguntas a lo largo de su vida.

Al tanatorio y entierro vinieron Graciela y su madre, Alicia. Nos abrazaron y lloraron, como la mayoría de los que estábamos presentes. Cuando los sentimientos se comparten, unen a las personas y se reparten las penas.

El bajón fue tremendo cuando mi madre y yo entramos por la puerta de casa. El mundo se nos vino encima. Dormimos juntos, abrazados de nuevo y con pastillas para dormir. Todo respiraba a mi padre todavía. Se olía su colonia Atkinson en el baño. Su presencia se mantenía por todas partes, cada rincón tenía algo suyo: sus trajes; sus zapatillas; su pijama, que nunca más sería usado… Tantos momentos vividos… Era como si en cualquier momento fuese a aparecer. Solo el deseo de la mente intentaba buscar esa ilusión.

«La pérdida no es más que el cambio y el cambio es el deleite de la naturaleza», decía Marco Aurelio.

Dicen que el tiempo lo cura todo, pero en mi mente y en mi ser solo se encontraba mi padre. Me hablaba constantemente, en cualquier sitio, sobre cualquier tema. A veces le preguntaba su opinión y me respondía con ese punto de vista tan pragmático que tenía.

Su muerte me hizo reflexionar sobre la vida, lo que eres, lo que haces, lo que dejas… Las lágrimas sinceras de amigos y emigrantes las tenía tiernas en mi memoria. Mi padre no solo trabajaba en una agencia de viajes vendiendo billetes de avión, de tren o estancias. Mi padre repartía felicidad a las personas, ambicionaba el tiempo de calidad para los demás, deseaba que la gente disfrutara viajando, conociendo lugares, comidas y experiencias, compartir momentos felices entre los seres amados para unir más a las familias. A los emigrantes no solo les vendía un vuelo, les regalaba atención, cariño. Deseaba lo mejor para cada uno de ellos, que tuviesen sensaciones positivas, aunque su vida real de emigrantes fuese perra y dura, como él sabía que era. Regalaba afecto, amor, una tabla firme donde sujetarse en un océano embravecido, un soplo de aire cálido que les llegaba en ese frío mar de penurias.

De vuelta en Londres, Malai era mi estrella que brillaba con luz propia, mi refugio, quien me sujetaba. Su atención y escucharme eran muletas para continuar caminando. Me apoyaba en su calma, en sus caricias, en su amor. Compartía mi dolor. No sé si lo hacía porque sabía que era lo mejor para mí, pero me preguntaba por él y yo, gustosamente, contestaba.

Las horas eran minutos para explicar su forma de ser, los viajes, los momentos que habíamos vivido y sus enseñanzas, que ya estaban grabadas a fuego en mi cerebro. Londres me recordaba a él por ese fin de semana inolvidable, mi último momento de gozar de él, de poseerlo.

Todo cambia cuando alguien que amas se va, pero, como me decía Malai, sonríe por lo disfrutado.

Ella sentía no haberlo conocido. Nunca pensamos que no lo conocería.

No conseguía sacudirme la tristeza, vivía compungido, recordando todas sus charlas y enseñanzas, algunas de cuando era pequeño —que mi memoria rescataba de mi mente olvidada—. Sus gestos se unían a mi último beso en el ataúd, callado, inerte, frío, apagado. Sin embargo, su voz era más nítida que nunca, lo oía toser, reír. Siempre me acompañaría, le sentía dentro de mí.

Llegó la Navidad, nuestra primera Navidad sin él.

Le pedí a mi madre si podía ir Malai, a lo que, por supuesto, accedió. La ayudé a pagar el billete, ya seguiría ahorrando para París. Mi madre no hablaba inglés, pero Malai había empezado a estudiar español y me preguntaba constantemente cómo se decían las cosas. Le costaba pronunciar las jotas y las erres, pero los gestos de sus manos y la expresividad de su cara hacían que la entendiesen. Dormía en la habitación de invitados y mi madre decía que su educación era increíble, siempre dispuesta a ayudar, a recoger, a limpiar e incluso cocinó unas tartas de chocolate y de zanahoria que estaban para chuparse los dedos.

«A las plantas las endereza el cultivo; a los hombres, la educación», decía Jean Jacques Rousseau.

Mi hermana, María, acababa de regresar del hospital. Seguía en cama llorando por papá, pero empezaba a moverse despacio con muletas.

Después de la primera cena, mi madre nos pidió a mi hermana y a mí que fuésemos a su habitación porque quería hablar con nosotros.

—Mis queridos hijos, os tengo que contar cosas que van a ser un cambio a partir de ahora. Vuestro padre tenía un seguro de vida importante por el que me han dado muchos millones. No sabía que tenía un diez por ciento en la sociedad de las agencias de viajes y su dueño, Antonio, le ha dado más de lo que le correspondía por todos estos años trabajados. Entró en la agencia con catorce años y el dueño está devastado sin su presencia. Me viene a ver todas las semanas y me ha dado otro diez por ciento adicional de la empresa. Dice que él no sería nadie sin vuestro padre y que solo desea encontrárselo de nuevo en el Cielo. Siempre ha sido muy generoso y ahora, en estos difíciles momentos, lo está siendo aún más. Por todo esto no tendremos dificultades económicas.

»Ya me he jubilado para dedicarme completamente a vosotros y os tengo que dar una buena noticia: después de tanta angustia, tristeza y dolor, este verano nos iremos los tres el mes de agosto de vacaciones a Hawaii, Galápagos e Isla del Coco en Costa Rica, tres islas maravillosas donde disfrutaremos mucho juntos y de la naturaleza.

—¡Qué bien, mami! —dijo María sonriendo.

—Es fantástico, los tres sitios son geniales —dije yo—. Sé que es mucho pedir… ¿podría invitar a Malai?

—Beni, es para nosotros tres, no creo que ya tenga que venir Malai con nosotros de vacaciones. Veremos cómo va todo. La acabamos de conocer, faltan más de seis meses y quizás no sigas con ella entonces.

—Vale, mamá, lo iremos viendo. Esta vez voy a intentar sacarme el título de buceo. ¡Qué ilusión! ¡Y qué fantástico que dejes de trabajar! Te lo mereces después de tantos años.

—La verdad es que sí, ya he cumplido más de treinta y ocho, y me tengo que operar de las varices de las piernas, que me matan después de tantas horas de pie que he pasado.

—Pues si Beni se saca el título, yo también quiero sacarlo —dijo María.

—Como os pongáis así, yo no me voy a quedar fuera. Nos sacaremos los tres el título de buceo. Son de los mejores sitios para contemplar los diferentes fondos, corales y vida marinos.

La primera sonrisa desde hacía tiempo nos fundió en un interminable abrazo que nos hizo quedarnos dormidos.

«A ti, que pensaste alguna vez en la magia de lo espiritual, que lloraste por amor, que creíste en un sueño. A ti, que sabes lo importante que es compartir con otros el brillo de tu estrella… A ti te invito a olvidar las palabras que no entienden el dolor que no se expresa y a no olvidar que las mejores almas están hechas de cosas imposibles».

Malai me contó que en su familia eran seis hermanos, tres chicos y tres chicas. Malai era la segunda mayor, después de su hermano Khalan. Tenían por costumbre en Navidad escribirse cartas donde detallaban a cada persona de la familia lo que los hacía felices de cada uno de ellos y, en menor medida, lo que les molestaba. Me parecía una idea fantástica, ya que dejaban todos los años valores por escrito, empatías sobre sus seres queridos. Esas cartas se guardaban como si fuesen tesoros, ya que no se solían leer en voz alta, eran lazos que unían a las personas de la familia.

Los budistas celebran el nacimiento de Jesús porque lo consideran un ser santo, pero no llevan a cabo grandes festejos en diciembre, ya que su año nuevo es en febrero. La celebración más importante sucede cada mes de mayo en la noche de luna llena, en el Día de Buda, cuando los budistas de casi todo el mundo celebran el nacimiento, iluminación y muerte del Buda desde hace más de dos mil quinientos años, (algunos países budistas varían las fechas por el calendario lunar).

Siempre son festivales alegres, donde se ofrece comida a los monjes y se escucha una charla del Dharma, aunque lo importante de cada día es mantener los Cinco

Preceptos o reglas: no quitarás ninguna vida, no tomarás algo que no te ha sido dado, no tendrás una mala conducta sexual, no mentirás y no ingerirás sustancias tóxicas que puedan nublar la mente. Por la tarde se distribuyen alimentos a los pobres para hacer mérito y la jornada concluye con el canto de las enseñanzas del Buda y la meditación.

Malai —que en tailandés significa «guirnalda de flores»— me contaba que tienen muchas fechas y festivales al año: Día de Anapanasati o Retirada de las lluvias, Día Loy Krathong o Festival de los tazones de fuente flotante, Día del Rack Na o laboreo, el Festival de los elefantes, Día de Ulambana o de los antepasados…, cada uno de ellos con sus singularidades. Días que conmemoran a los animales, la tierra, los cultivos, el sol, la luna, las estaciones, las personas y la vida de Buda.

En Reyes recibí la llamada de Graciela.

—Hola, Beni, ¿cómo estás?

—Bueno, pasando momentos complicados, acordándonos mucho de él, ¿y tú?

—Yo, bien. Te llamaba porque quería verte.

—Pues, la verdad, estoy muy liado. ¿Para qué quieres verme?

—Para contarte algo importante y saber lo que piensas.

—Pues cuéntamelo por teléfono porque en tres días regreso a Londres y tengo que hacer muchas cosas con mi madre.

—Es que el teléfono es muy frío y me gustaría verte.

—Bueno, adelántamelo por teléfono y miro a ver si encuentro un hueco para tomar un café.

—Quería verte porque la distancia ha separado nuestra amistad y me fastidia mucho.

—A mí también. Debemos pensar que las amistades hay que cuidarlas. Yo te escribí cartas desde Londres, no me has contestado a ninguna. ¿No crees que debemos cuidar lo que hacemos por los demás? Sobre todo, por los que nos importan.

—Cuánto lo siento, tienes toda la razón. Te tendría que haber contestado, pero es que nunca encontraba el momento. Perdóname, he sido una egoísta y mala amiga por no escribir, de verdad que lo siento. Bueno, ya me dirás si tienes ese momento para tomar ese café. Me haría muy feliz, me encantaría.

—Ok, mañana te llamo para ver cuándo podemos quedar. Hasta mañana, Graciela.

—Hasta mañana, Beni.

Mi amor por Graciela disminuía a medida que pasaba el tiempo. Su falta de compromiso hacia mí me cabreaba, me sentía utilizado. Quizás yo también la utilicé de manera inconsciente. Los momentos vividos fueron extraordinarios, los paseos con los perros, los días felices que pasé pintando en el pazo, montar a caballo, los animales... Había sido tan auténtico y único que siempre se mantendría una pequeña llama encendida en mi corazón.

Quedé con ella para tomar ese café, intrigado por lo que me quería contar. Pensé decirle a Malai que me acompañase, pero no lo hice.

La situación fue de lo más kafkiana.

Quería verme para contarme que se iba a casar con Gonzalo. No daba crédito a mis oídos y lo increíble fue que me preguntó qué opinaba. Miré a los lados, por si todo era una broma de mal gusto, pero no, me lo quería contar ¡y que fuésemos los tres a la boda!

No me corté. Me salió espontáneo. Le volví a decir que a Gonzalo no lo conocía, pero, por lo poco que lo conocí, me bastó para decirle que en el mundo había otras personas mucho mejores que él y, sobre todo, que la iban a querer mucho más. Le pregunté por qué tan pronto y me respondió que porque se lo había pedido él. Él estaba enamorado de ella y no tenían por qué esperar. Le contesté que se diese tiempo, que era muy joven, que lo conociese más, que estudiase, que saborease la vida de estudiante, pero en su mente lo tenía ya concebido y totalmente decidido. Me pareció una hipocresía querer saber mi opinión. Me dijo que lo estaba planeando con mucho tiempo. Se casarían en verano en el pazo. Solo lo sabían sus padres y ahora yo.

Pensé en Jacinto, le faltaba unirse a la nobleza. Su hija tendría un título nobiliario, marquesa de Orange, nada más ni nada menos.

Me dio lástima. Teniendo la fortuna de conocer mundo, vivir, disfrutar, casarse tan joven… con un musculitos que seguro lo hacía por dinero, por ser la heredera de la tercera fortuna mundial. Era todo como un capricho. Me dio pena, compasión, cortedad.

Le deseé suerte, me dijo que contestaría mis cartas y me visitaría en Londres.

«Siembra un acto y cultivarás un hábito. Siembra un hábito y cultivarás un carácter. Siembra un carácter y cultivarás un destino», decía Charles Reade.

En Londres los días pasaban sin darme cuenta gracias al combustible y la forma de ser de Malai. Me llenaba de energía, siempre con su sonrisa infinita.

La primavera impregnaba de olores y colores las calles. Árboles, plantas y flores se despertaban con energía de su letargo de invierno. Londres es una ciudad de olores. En cada barrio hay olores característicos. Los restaurantes esparcen especies en sus planchas y cocinas para que en las salidas de humos te atraigan los olores, te incitan a pensar en comer.

Tenía mucha ilusión y ganas del viaje a París, ya había ahorrado suficiente. Sería en Semana Santa. Iríamos en autobús a Dover, cruzaríamos en ferry hasta Calais y allí alquilaríamos un coche para movernos hasta París.

Se lo conté a Malai, le rechifló la idea. Nunca había estado en París. Su entusiasmo era enorme, como si fuese a cumplir un sueño que siempre había tenido y se hacía realidad.

Los preparativos para un viaje suelen ser de nervios, de ilusión, por todo lo que imaginas que vas a realizar antes de partir. Pensamos en tantas cosas... Tuvimos que seleccionar por prioridad las imprescindibles y ver *in situ* el tiempo que nos llevaría cada una de ellas: el Louvre, la torre Eiffel, los Campos Elíseos, el palacio de Versalles y sus jardines, un crucero por el Senna, la Ópera, el Arco del Triunfo, el museo de Orsay, las catacumbas, Montmartre, el Moulin Rouge, la catedral de Notre Dame... Tanto que ver que con solo cinco noches ya nos parecía poco tiempo.

Si los preparativos nos llenaron de emoción y alegría, el viaje los superó. Fueron los cinco días más felices que podía recordar. Nos quedamos en un magnífico hotel, el Bienvenue, de solo treinta y ocho habitaciones, con un patio rodeado de un jardín interior majestuoso. Allí desayunamos la mayoría de los días, excepto en dos ocasiones, que pedimos el desayuno en la habitación. Los olores de las flores inundaban todos los rincones. En el *hall* también había una variedad deslumbrante de plantas exóticas. Se notaba el cuidado y esmero de un jardinero que amaba su trabajo. Los motivos florales estaban por todas partes, mezclando muy bien la naturaleza con materiales modernos. Estaba situado, a diez minutos andando de las galerías Lafayette —los grandes almacenes de París— y a quince minutos andando de la Ópera Garnier.

La primera noche no la olvidaré jamás. Cada momento, su miedo inicial, su deseo mezclado con temor.

Quería dejar de ser virgen, aunque temía por el dolor, dudaba, estaba muy nerviosa, temblorosa. Con cariño se fue calmando. Lo quería tanto como yo, llevábamos juntos más de siete meses. Fue algo mágico, un placer como nunca había sentido. Ella lloró, jadeó y perdí la cuenta de las veces que hicimos el amor. Jamás había sentido nada parecido.

Lo que había hecho anteriormente había sido sexo sin amor, sin sentir a la persona que amas dentro de ti. Gozamos infinitamente, lloramos de felicidad y nos reíamos sin parar y sin saber por qué al mismo tiempo. Su sonrisa se hizo todavía más grande. La alegría inundaba nuestros corazones y su delicadeza me volvía loco. Cada movimiento, cada centímetro de su piel penetraba en la mía. Fue una luna de miel de cinco días que nos marcó para siempre. Aprovechamos cada minuto regocijándonos de habernos conocido, de estar allí juntos, en París. No nos soltábamos la mano ni para comer, caricias que se necesitaban mutuamente, sintiendo la felicidad del ser amado, de la vida, mientras conocíamos los lugares más admirables del mundo, esplendorosos, hermosos, simplemente formidables. Tras la muerte de mi padre no había conseguido evadirme del pesar ni del duelo y, por primera vez, durante esos cinco días, mi mente se eclipsó de amor. Tanta belleza y sentimientos extraordinarios hicieron una mezcla única, sin igual. Los ingredientes idóneos estaban en esa receta.

Siempre había pensado en el amor de mi vida y creí que con Graciela lo había encontrado, aunque no fuese correspondido. Pero el destino y el amor de Malai me hacían creer cada día que lo mejor me había esperado y guardado algo muy excepcional para mí.

«Cada persona que pasa por nuestra vida es única. Siempre deja un poco de sí y se lleva un poco de nosotros. Habrá los que se llevarán mucho, pero no habrá de los que no nos dejarán nada. Esta es la prueba evidente de que dos almas no se encuentran por casualidad», decía Jorge Luis Borges.

El regreso a la rutina de Londres cambió. Malai y yo nos habíamos encontrado, nos habíamos fundido en una sola persona. No existían imperfecciones, era la mujer que todo hombre desea tener.

El verano se acercaba y mi tiempo de regresar, también. No quería dejarla, pero nuestros caminos irremediablemente se separarían, al menos por un tiempo. El simple pensamiento me atormentaba. Ella me había cambiado interna y externamente. Quería parar el tiempo para permanecer a su lado. Mi destino tenía que ser con ella, la había encontrado sin darme cuenta de que la estaba buscando.

Mi madre me escribió una carta con dos noticias, una buena y otra mala: la mala era que ya tenía todo preparado para irnos de vacaciones, pero que quería disfrutar de María y de mí sin que nadie —en este caso, Malai— viniera con nosotros. Se enrolló mucho al contarlo y me dijo que podría ir a visitarla a Londres. La buena noticia era que tenía la preinscripción para cursar Bellas Artes en la Complutense de Madrid. No tenía que estudiar Arquitectura, me dedicaría a lo que siempre soñé: ¡pintar! Aprendería las diferentes técnicas: acuarela, temple, grafito, óleo, pastel... Estudiaría los trabajos de los maestros, pintaría modelos, bodegones y podría visitar El Prado y el Reina Sofía todas las veces que quisiera.

La voz de mi padre resonó en mi interior: «Te has salido con la tuya, Beni. Podrías ser alguien muy importante estudiando Arquitectura, ya dibujarás... Tienes tiempo para todo», retumbaron sus palabras.

«La vida es aquello que te va sucediendo mientras te empeñas en hacer otros planes», decía John Lennon.

Me martirizaba pasar el año siguiente sin Malai. Su familia ya había decidido su futuro. Su tío —que costeaba sus estudios— tenía una fábrica de madera en las afueras de Bangkok, y la había elegido entre todos sus hermanos y encomendado para que estudiara económicas. A ella no sé si le gustaba la idea, desde luego no la entusiasmaba, pero ni siquiera pensaba —mucho menos habría sugerido— que le gustaría hacer otra carrera. Era una privilegiada por poder estudiar y ayudar a su familia en el futuro. Tenía la misión de aprender y que la fábrica de su tío vendiera y exportara más. Ella sería la que en el futuro asesoraría a su tío en las decisiones estratégicas y comerciales. Tenían incluso escogida y reservada plaza en la universidad. Asistiría a la prestigiosa London School of Economics, una de las mejores del mundo.

Los tres sacamos el título de buceo en Holoholokai. Visitamos Honolulu, Maui y Oahu. Hawaii es como lo pintan en las películas, y los aborígenes o los autóctonos son minoría. Me sorprendió la adoración que tienen por la música, es parte de su ritmo de vida, que debe estar aderezado siempre con música.

Aunque existen lugares protegidos, da lástima ver cómo el capitalismo y el consumismo arrebatan terreno a la naturaleza, a emplazamientos tan privilegiados: volcanes, jardines, cascadas, ríos de lava, vegetación prehistórica, parques naturales... Los bosques y calas impresionantes son colonizados por el hombre; con mucho dinero puedes construir tu casa encima del mar si lo deseas.

Pearl Harbor es un lugar icónico, me interesó la isla Oahu y el valle de los Templos, donde la cultura japonesa ha estado presente durante milenios en la formación de la isla. Hay un enorme templo budista que te hace sentir pequeño, es realmente digno de ver.

Naturaleza, naturaleza y más naturaleza, no hay otro sitio como las Galápagos. Cuando las visitas comprendes por qué Darwin se pasó años estudiando la fauna y flora del lugar. La naturaleza es la dueña, la vida emerge por doquier, los árboles crecen debajo de las piedras, riqueza de la fauna en estado puro. Simplemente, un archipiélago único, asombroso. Paraíso de un biólogo o naturalista.

Me entraron ganas de pintar. Solo tenía mis blocs de carboncillo y mis lápices. Realicé algún boceto de la fauna marina: lobos marinos, iguanas, pingüinos y las tortugas que pesan más de cuatrocientos kilos y viven el doble que los humanos, unos ciento cincuenta años. Lo que más me sorprendió es lo confiados que son todos los animales de las islas, pero tiene explicación y es que vivieron durante más de cinco millones de años en ausencia de depredadores, por eso su comportamiento es sin miedo a nada. Los lobos marinos son como ovejitas con las que puedes tomar el sol en una playa desierta sin que se inmuten. La cantidad de carretes de fotografía que utilicé fue brutal. Habíamos llevado la cámara buena de mi padre, que mi madre me regaló al partir.

Las islas son un auténtico viaje a la prehistoria, son secas, áridas y carentes de comida. La evolución no dio ninguna oportunidad a los grandes mamíferos, es el reino de los reptiles y de las aves marinas. Charles Darwin tuvo que alucinar en 1835. Ahora tienen unas férreas normas de uso, ya que el noventa y siete por ciento de la superficie está declarada parque nacional y existe un número máximo de grupos que pueden estar al mismo tiempo en cada uno de los lugares autorizados para las visitas. Lo que me recordó al internado es que no puedes moverte libremente, siempre te tiene que acompañar un guía oficial, solo puedes en los pocos lugares habitados, como Bahía Tortuga, isla de Santa Cruz, en el volcán Chico, en la isla Isabela, aunque debes anotar tu nombre en las correspondientes oficinas de guardaparques.

Alquilamos un barco para visitar el resto de las islas. Bucear se convirtió en nuestro deporte favorito, disfrutábamos mucho con esa fauna y esos colores marinos intensos, un espectáculo lleno de vida que llenaba las nuestras. En la isla Floreana apenas viven doscientas personas. La belleza de sus cumbres volcánicas y una laguna preciosa llena de flamencos nos hizo atracar todo un día para disfrutar del paisaje, del silencio, porque no hay nadie, solo el sonido de las aves. Contemplar sus vuelos en picado hacia el mar, como peces que después de bucear entre los corales volaban sobre nosotros, paraba el tiempo. Como una repetición majestuosa que no podías dejar de observar.

San Cristóbal es la capital de las islas y La Española es la que está más al sur y deshabitada, pero al ser la más meridional es la primera que recibe la corriente de Humboldt, lo que la hace muy rica en plancton y comida. Está llena de grandes colonias de aves marinas, cormoranes, gaviotas, iguanas… El edén del buceador y de un biólogo. Por último, Santa Cruz y el aeropuerto de Baltra, construido en un islote. En Puerto Ayora está la concentración humana más grande de Galápagos, son unos pocos miles de habitantes. El final del viaje, Isla de Cocos, una joya de isla donde el aislamiento genera una sensación de lejanía con el mundo actual.

Nos convertimos en expertos submarinistas. En la isla presumen de tener más de doscientas setenta especies distintas de peces, lo que hace del buceo una aventura única, extrema, con una visión nítida por sus aguas turquesas y alucinante por su gran variedad. No hay hoteles, ni albergues, ni asentamientos, ni edificios o cabañas para pasar la noche, solo es accesible por mar. Las cuevas submarinas son enormes y debes ir guiado siempre por un submarinista de la zona para no perderte. Simplemente, el lugar es una salvajada virgen digna de conocer. Te sientes Robinson Crusoe ante la naturaleza, sin vislumbre de civilización. Solo los sonidos de los animales, de la jungla, sonidos que no cesan, que te mantienen alerta para adivinar qué animal lo está realizando y dónde se encuentra. Es volver a rememorar y sentir las emociones de los descubridores que pisaron los lugares por vez primera sabiendo que ningún humano de su época había estado en esas tierras abruptas, inhóspitas, selváticas.

Regresamos con las pilas cargadas, saboreando el tiempo de calidad que habíamos compartido. La primera vez sin mi padre, al que recordamos todos los días en infinidad de momentos. Sentíamos que no estuviera presente físicamente, aunque lo estaba en nuestros corazones y nuestras mentes.

La boda de Graciela con Gonzalo coincidió con nuestras vacaciones, así que no tuve que inventar ninguna excusa para no asistir. Fue noticia meses antes en toda la prensa rosa, portada en la prensa generalista, programas de radio y tv. La nobleza, con Sus Majestades a la cabeza, políticos, escritores, millonarios, músicos, lo más destacado de la sociedad española asistió a esa celebración. Hasta contrataron a Elton John y a Rod Steward para amenizar la velada, que tuvo más de mil invitados.

Lo leí como un sacrilegio, tanto derroche en una boda. No me quise ni imaginar cuánto había costado cada cubierto, pero me vinieron a la mente cuántos niños podrían salvarse de hambre si hubiesen dado un solo plato a la beneficencia. Me indignaba la opulencia y cómo había cambiado Jacinto, de no salir en los medios de comunicación a abrir titulares en prensa, informativos y telediarios. El que alguna vez se había apartado de los focos parecía querer que le hiciesen una película y seguro que lo había pensado. Ya tendría a muchos para escribir sus memorias.

A ciertas personas se les suben el poder y la fama a la cabeza, dejan de tener los pies en el suelo. No se dan cuenta de lo importante de mantener esa humildad y agradecimiento, que es lo que realmente los hace ser mejores.

Siempre he pensado que la grandeza no consiste en una posición destacada, sino que le pertenece al que rechaza esa posición y Jacinto había dejado de rechazar la grandeza. El éxito no se puede medir con el dinero, sino con la diferencia que se marca en las personas al usarlo. Como decía Confucio, la humildad es el sólido fundamento de todas las virtudes.

Llevaba dos semanas matriculado en Bellas Artes en la Universidad Complutense. Se había abierto una nueva ventana que llenaba mi mente. Respiraba arte a todas horas. En cuanto accedía a la entrada principal se me contagiaban las ganas de creación. Arte en todas sus formas, esculturas, pinturas, *collage*, fotografía, escritos... No hay estancias ni una sola clase sin la huella de alumnos o de los grandes maestros que no aviven la creatividad.

Vivía en el Colegio Mayor Universitario San Juan Evangelista, un lugar de reunión y culto por ser de los primeros colegios mayores. Casi todos los jueves, viernes y sábados había conciertos, mayoritariamente de jazz, pero también de otros géneros. Era un bullicio de personas de remotos rincones de España, se establecían contactos y amistades que durarían en el tiempo.

Varios de mis amigos de La Coruña, como Iñaki, Javier, Pepe, David, se habían trasladado a Madrid para estudiar económicas, empresariales y Derecho. Vivían en un piso de alquiler en Malasaña. Era el lugar de reunión donde invariablemente tomábamos las primeras copas y cenábamos, casi siempre espaguetis, macarrones o pizza. Era el barrio donde se concentraba la movida y la fiesta. El sofá tenía puesto mi nombre por la cantidad de noches que lo utilizaba.

Me faltaba Malai, que había comenzado económicas en Londres. Me escribía todas las semanas. Yo le respondía casi todas las cartas, pero era más rápida escribiendo que yo contestando. También hablábamos de vez en cuando, necesitaba oírla al menos, sentirla cerca en la distancia.

La movida y la noche madrileña me fascinaban cada día, era brutal, una liberación como nunca había visto. Las chicas eran muy directas, abiertas al sexo y sin pensar lo que decían, sin miedo al qué dirán. La mayoría me parecían Catalina —la ninfómana— por el desparpajo y la forma descarada de entrarte, como si te conocieran de toda la vida, sin timidez ni complejo. En alguna ocasión hasta me ponía yo colorado de sus insinuaciones, lo nunca visto. La gente se sentía libre y con muchas ganas de todo, más que nada de pasarlo bien y disfrutar. Debo confesar que varias noches de alcohol tuve relación con alguna de ellas, les daba igual que dijese que tenía novia, al contrario, les daba más morbo. Entre las mujeres existe una especie de rivalidad, un egoísmo del que carecemos los hombres, una competencia por arrebatar al mejor, por conseguir la atracción, por seducir. Les da igual que el hombre no sea su tipo y se lo arrebatan a otra mujer solo por posesión, es una pugna sin rival. Los hombres solo buscamos sexo, sin acaparar. Es compartir y, si se coincide en el interés por la misma mujer, el que no la consigue simplemente lo acepta sin acritud ni malos rollos. Es intentar disfrutar. Hay mujeres que se dejan querer aun sabiendo que no van a corresponder y tengo la sensación de que es simplemente por querer sentirse más mujer. Existe una parte de humillar, de conquista, de seducción.

Al día siguiente sentía arrepentimiento total, sin embargo, la noche me secuestraba. Las mujeres, las sensaciones, las ganas de pasarlo bien me hacían no poder resistir la tentación de no salir a tomar algo.

Siempre acabábamos en la discoteca Sol, donde conocíamos al portero y a varios camareros, que nos invitaban a copas. Era el sitio perfecto para ligar. Desde las dos hasta las siete, que cerraba, la gente no quería terminar la fiesta. La química flotaba en el ambiente, la exaltación de la amistad brotaba en el aire, se percibía en las miradas, que se mezclaban con el alcohol y las drogas. La movida madrileña unía a la gente como si desconocidos se conocieran desde siempre.

Yo estudiaba, aprendía, practicaba, pero la resaca la notaba el domingo, el lunes e incluso algunos martes. Mi lentitud, mis ganas, la creatividad y la viveza se veían amenazadas por la tardanza del alcohol en abandonar el cuerpo. Aun así, trabajaba sin descanso durante toda la semana. Pintura, Escultura, Análisis de la forma, Fundamentos de la imagen fotográfica, Historia del arte y Dibujo técnico componían mis asignaturas de primero. Todas me encantaban. Ensimismado en aprender, las horas volaban; miraba el reloj y no me lo creía.

Mi mano volvía a estar fuerte, vigorosa, exceptuando el meñique y el anular. Me ayudaba con un tiento, un palo que sirve como apoyo para templar el pulso a la hora de realizar detalles más precisos. Se puede apoyar en el bastidor o, si tiene un cabezal de cuero, se puede apoyar sobre el lienzo en las partes ya secas. Seguía utilizando de vez en cuando los aparatitos que me regaló mi padre, era una forma de hablar con él. Me decía que fuese perseverante y que esos dos dedos también podría recuperarlos con esfuerzo y constancia, aunque los había dejado por imposibles... Pero en las clases de escultura los volvía a necesitar.

Recibí la primera carta de Graciela, donde me decía que quería ir a verme. Necesitaba contarme algo importante otra vez, no podía contármelo por carta ni por teléfono. Quedé con ella, estaba guapísima.

—Hola, Beni, ¡cuánto tiempo! ¡Cómo me alegra verte!

—Pues sí, estamos en octubre, diez meses ¿Qué te has hecho en la cara?

—¿No lo ves?

—Veo un cambio, sí, pero no sé... ¡Ya! ¡Son tus pómulos y los labios! ¿También te los has cambiado?

—Siempre has sido muy observador, como mi pintor favorito que eres. ¿Qué tal la mano?

—Bien, volviendo a ser la que era.

—Venía pensando en cómo contarte lo que te voy a decir. Aunque haya pasado tiempo sin verte, te siento igual, te veo internamente. Siempre te he dicho que me gustaría mantener tu amistad para siempre. Los momentos que hemos pasado están en nuestras memorias, nadie los podrá borrar y para mí han sido los más felices.

—Tienes razón, nos conocimos muy bien, pero el tiempo y las circunstancias hacen que la gente cambie.

—Creo que podemos cambiar externamente, pero el interior prevalece igual. Te tengo que contar dos cosas importantes: la primera es que me voy a separar, Gonzalo me es infiel.

—Te lo dije. Lo sabía, no es una buena persona. ¿Cómo ha sido? ¿lo has pillado?

—Sí, lo pillé. Ni siquiera lo saben mis padres todavía. Eres la primera persona a la que se lo cuento, pero esta tarde o mañana se lo contaré a ellos.

—Lo siento mucho por ti. Me imagino que no te lo esperabas. Mira que te dije que lo conocieras más, que te dieses tiempo.

—Tienes toda la razón, el tiempo me lo ha quitado él. Mis ilusiones, mi virginidad, mi futuro, le di todo y él creo que me mintió desde el primer momento. A los pocos días de regresar de la luna de miel, llegó una noche a casa diciendo que había estado de cena de negocios, oliendo a mujer.

»No le dije nada, pero empecé a sospechar, hasta que fui a ver a un detective privado. Tiene todas las fotografías. No solo con una mujer, ¡sino con tres distintas en solo dos meses! Es un cerdo. Tenías razón, solo quiere el dinero de mi padre, pero se va a ir sin nada con las pruebas de infidelidad que tengo. Ya no vive en mi casa desde hace cinco días.

—Caray, Graciela, lo siento de veras. Dame un abrazo.

—Gracias, Beni, no tengo a nadie nada más que a ti como amigo y no te quiero volver a perder.

—No me perderás, volveremos a unir nuestra amistad —le dije.

—No te he contado todo lo malo que me ha pasado,

—¿Cómo? ¿Qué más te ha pasado?

—Estoy este fin de semana en Madrid porque he venido con mis padres a ver a un doctor de camino a Navarra. Me han encontrado unos nódulos cancerígenos en el pulmón. Como ves, no son buenas noticias. Los médicos dicen que el setenta por ciento de las personas que lo tienen sobreviven. Vamos la próxima semana a Navarra. Mi padre quiere ir a Estados Unidos, donde se encuentran los mejores especialistas.

—Graciela, no te preocupes, va a ir todo bien. —La abracé, la acaricié, le besé las mejillas y esos pómulos retocados. Me dieron ganas de darle un beso a esos labios con los que había soñado tantas veces como si fuera fruta prohibida—. ¿Cuándo regresas de Navarra?

—El miércoles me han dicho que acabarían las pruebas y volamos directo a La Coruña.

—Perfecto, iré a verte el próximo fin de semana y ya me cuentas. Acuérdate: actitud positiva. Ya verás cómo dentro de poco lo celebramos. Iremos por los vinos a divertirnos como antes, ¿te parece?

—Claro que sí, Beni. Siento lo poco que he cuidado nuestra amistad cuando eres mi mejor amigo. De verdad que lo pensaba, pero lo posponía. Ahora me doy cuenta de mi equivocación, de verdad que lo siento mucho.

—También yo he tenido culpa. Siempre se puede hacer mucho más por los demás y por las personas que te quieren.

—Siempre me he sentido feliz contigo. Ahora desprendes más positividad incluso que antes. Tu energía es única. Gracias, la necesito. Es increíble cómo, en solo dos meses, la vida puede cambiar tanto.

—Desde luego que sí, pero ahora, a recuperarte. No hace falta que te vuelva a decir que el Gonzalito ese no era lo suficientemente bueno ni te quería como te mereces. Dame otro abrazo.

—Gracias, Beni. Nos vemos el próximo finde. Eres mi ángel y espero que volvamos a sentir y recuperar la amistad que teníamos.

—Claro que sí, ya lo verás, volveremos a ser uña y carne. Hasta el viernes y recuerda, es actitud. Eres la mejor —le dije al despedirme.

Los siguientes fines de semana fui todos a La Coruña. Las noticias del nódulo no eran buenas. Iniciaría la quimioterapia enseguida y sentía que debía estar a su lado. No quería que nadie más la viese, excepto sus padres. Le conté a mi madre lo sucedido y me sacó todos los billetes de avión saliendo el viernes al mediodía y regresando el domingo por la noche.

Cada fin de semana su aspecto empeoraba. Adelgazaba, sus pómulos se veían vacíos, sus ojos se habían escondido en unas cavidades cada vez más profundas. El brillo de aquellos enormes ojos verdes se estaba palideciendo, encogiendo. Su piel, antes tersa y brillante, estaba arrugada, flácida y estriada. Sus manos tenían muchos años, como si de repente fuesen de otra persona. Su aspecto me mataba por dentro. Solo deseaba que el cáncer parase, se detuviese, pero no había forma, seguía día a día imparable invadiendo sus órganos y su frágil cuerpo. Apenas tenía pelo, ni cejas, y su cara de enferma me atormentaba.

Su padre hizo venir desde todos los lugares a los mejores doctores especializados en cáncer, pero todos llegaban a la misma conclusión: había que aumentar la quimioterapia y probar con otros tratamientos más fuertes. La radioterapia y la quimioterapia matan lo malo, pero también lo bueno, no discriminan. Me causaba un desánimo tremendo comprobar cómo cada fin de semana el cáncer avanzaba y su movilidad disminuía. Era un despojo que, al principio, me pedía que pasito a pasito la acompañase al baño y al poco tiempo ni se levantaba de la cama. Una pluma que no pesaba, pero era frágil como la porcelana más fina.

La cantidad de morfina para resistir el dolor estaba al límite, lo que hacía que estuviese cada día más tiempo dormida. Le leí los libros de Thich Nhat Hanh. *El milagro del mindfulness* le encantaba, pero se mantenía poco tiempo despierta. El cóctel de medicinas y tratamiento era brutal y no lograba parar el avance del cáncer por el resto de su debilitado cuerpo. Al cabo de un mes ya no podía ponerse de pie y veíamos que su desenlace sería fatal. Le intentaba dar ánimos, la engañaba diciendo que la quimioterapia era así, había que luchar con entereza y con el convencimiento de que el cáncer no podría con ella.

Es increíble cómo una persona se aferra a la vida cuando se da cuenta de que la enfermedad la va consumiendo, la inmoviliza, la agarrota. Deja de pensar, de ser humano, para convertirse en conejillo de indias, pero la fe es más fuerte que el peor de los cánceres y mueve a las personas agarrándose a ese minúsculo porcentaje de probabilidad de recuperarse. Luchas por vivir.

A la quimio le siguió la radioterapia, que la destrozaba por dentro y por fuera. Cuando un ser querido sufre, de igual forma sufren los que lo quieren, un dolor que hace que, por momentos, quieras ponerte en su lugar para mitigarlo. Náuseas, vómitos, no poder ir al baño, querer levantarte de la cama y no ser capaz. Agonía y dolor sin fin.

Alicia, su madre, agradecía mucho mi compañía, cómo la cuidaba, mis lecturas... Jacinto, sin embargo, me miraba mal. Estaba cabreado con todo, parecía otra persona, sin importarle las formas, sin respeto. Gritaba a los médicos echándoles en cara que no tenían ni idea. Los traía desde diferentes lugares, a los más prestigiosos, y al cabo de poco tiempo los mandaba lejos perdiendo la educación. Al menos esas conversaciones se producían fuera de la habitación y cuando Graciela estaba en quimioterapia o en radioterapia. Sentía vergüenza por cómo los trataba y me mordía la lengua para no decirle lo que nadie se atrevía, pero que todos pensaban.

Graciela me cogía las manos y sentía como si me transfiriera sus pocas energías. Notaba el flujo de esas energías en los dedos enlazados. Le hacía masajes en los pies y en las piernas, en esa piel flácida que, sin músculos, se estiraba como una goma acartonada. Apenas los sentía y no paraba de decirme que los tenía fríos. Notaba la falta de irrigación sanguínea, que no llegaba al final de sus delgadas extremidades. Me dolían las manos de estar horas haciendo masajes. Intentaba que continuase sintiendo, alargar la animación en su cuerpo.

El cáncer le iba quitando la movilidad y la vida poco a poco sin demora. No movía los tobillos, ni las rodillas. Había dejado de mover hasta las piernas, se las movía yo porque me decía que se le quedaban dormidas.

Yo lloraba por dentro, sufría por ella. Tragaba mis lágrimas, que me ahogaban. A veces salía a la cafetería porque me moría de ver su decadencia, un sentimiento de pesadumbre me invadía constantemente. Todo el fin de semana permanecía junto a ella. Mi madre intentaba alejarme del hospital, de la situación tan terrible, tan triste. Buscaba que me diese el aire, que saliera con alguno de mis amigos, pero mi subconsciente me lo impedía. No quería, necesitaba permanecer a su lado, acompañarla. Sentía su soledad infinita.

Con un hilo de voz cada vez más tenue me repetía: «Gracias, mi Beni».

En un breve momento de lucidez se incorporó malamente en la cama y me dijo:

—Te tengo que contar algo. Es de las pocas cosas, por no decir la única, que me arrepiento en mi vida. Siento no haber pensado en ti como tú pensabas en mí, con amor. No te correspondí con todo el amor que tú me entregabas y tendría que haberlo hecho. Siempre pensé que quizás más adelante… Tenía miedo de estropear nuestra amistad. Después de la noche de San Juan, pensé que tenía que volver a estar contigo como antes. Sentí tus besos como nunca los había sentido y no te lo dije. Perdóname, me he arrepentido mucho y solo espero que lo entiendas. Eres un amigo de verdad, el único que tengo y no me cansaré de repetir que no quiero perder lo valiosa que es tu amistad. En el entierro de tu padre, me di cuenta de su bondad con los demás por hacer llorar a tanta gente. Eso solo lo consiguen muy pocas buenas personas.

—No me perderás, al contrario, vamos a estar más unidos que antes —le dije.

—¿Lo dices en serio?

—Por supuesto. Y, sobre la noche de San Juan, yo tampoco me abrí hacia ti como debería haberlo hecho. Fue la noche más feliz de mi vida, que acabó a la mañana siguiente como una ducha de agua helada, sin poder transmitir mis sentimientos y la fortuna que tenía por sentir tu amor.

—¿Me sigues queriendo, Beni?

—Claro, eres mi musa. A la que solo he pintado en un cuadro y a la que quiero seguir pintando. Por cierto, en breve me pondré a terminar la réplica del retrato.

—¿Y sigues con la chica tailandesa?

—Ella está estudiando en Londres. ¿Cómo sabes lo de la tailandesa?

—En una ciudad como La Coruña pocos secretos se pueden guardar y, como sabes, la gente es muy cotilla.

—Pues a Malai, que así se llama, le quedan cuatro años de estudio en Londres y espero que la distancia no nos separe.

—¿La quieres?

—Sí, la quiero y me decías el otro día en Madrid que mi energía era única. Malai me ha ayudado a cambiar, a ver las cosas desde un punto de vista más positivo, desde la paz y la tranquilidad. Cuando venga te la presentaré. Todos estos libros que estoy leyendo buscan ese estado de bienestar, de estar contento por lo que uno es y por el bien que hace por los demás.

—Bueno, si tú lo dices… Con esta medicación solo quiero dormir. Eres la persona que llenó mi vida y no quiero volver a perderte.

—No lo harás. Me llamarás pesado ante mi insistencia de querer montar a caballo contigo y de cuidar a tus animales.

—¿Te acuerdas de los paseos? Tifany y Tania te echan de menos, solo las querías montar a ellas. Beni, si me pasase algo malo, ¿cuidarías de mis animales?

—No te va a pasar nada malo y por supuesto que los cuidaría. Piensa que los cuidaremos juntos y volveré a pintarlos muchas más veces.

—Gracias, Beni. Me he dado cuenta de que la amistad no se valora hasta que se pierde y no quiero perder la tuya nunca más.

—Mi amistad nunca se perderá. Somos y seremos amigos para siempre, Graciela.

—Gracias, Beni. Ahora tengo que dormir un rato.

«Si todas las personas fuesen diamantes, los diamantes no tendrían ningún valor. Lo que hace que la gente sea valiosa no es lo que es, sino cómo su luz brilla de manera diferente a la del resto».

Nos dijeron que ningún tratamiento paraba ese tipo de cáncer, que nos fuésemos preparando para lo peor. Llegaba a casa y me derrumbaba, lloraba todo lo que no podía llorar delante de ella.

Estaba por todas partes, en la música, en el aire, en cualquier esquina. Siempre había algo que me hacía recordar su persona, aquellos días de felicidad, la alegría que sentía por verla. No hacía un año de la muerte de mi padre y ahora le tocaba a mi mejor amiga, mi primer amor. No podía imaginar cómo alguien tan joven dejaría de estar en este mundo. No poder hablar más, su risa, sus pensamientos, sus animales... Teniendo todo para ser feliz y disfrutar, no poder hacerlo. Sentirse traicionada por un idiota que no la merecía. Comprobar y examinar la degradación de su joven cuerpo, que no reconocía después de tantos años siendo suyo; un cuerpo para admirar del que ahora se avergonzabas.

Su dolor era mi dolor; su pena, la mía; su sufrimiento, mío. Sus palabras al pedirme que cuidara de sus animales se grabaron a fuego para siempre en mi mente. Era injusto, tener todo para ser feliz y que la vida no te diese la oportunidad de vivir, de gozar de los sueños que habíamos compartido. Ilusiones, viajes, todo se termina rápido y para siempre.

El día 10 de diciembre, un año y un día después de la muerte de mi padre, murió Graciela. Alicia me avisó el día anterior de que le quedaban pocas horas de vida. La enterraron en el pazo. Su padre hizo construir un panteón al lado de la iglesia. Yo tenía el convencimiento que hubiera preferido estar junto a las vides de los monjes o entre los manzanos, con una simple cruz.

El día fue horrible. Otra vez el dolor en el pecho me rompía por dentro. Graciela estaba por todas partes. Fui corriendo al bosque para contemplar el árbol con nuestras iniciales e intentar aceptar que se había ido. Hasta los pájaros no cantaban sus alegres melodías. El silencio por primera vez reinaba en el bosque.

No podía parar de llorar todo lo que no había llorado en el hospital. La tristeza inundaba el lugar. Los animales sentían la pena, su ausencia, el enorme vacío que había dejado. Chita, en cuanto me vio, se abalanzó sobre mi cuello sin soltarme. También Bruno, el oso, gruñó como nunca lo había escuchado. Los animales percibían nuestro dolor, la melancolía recorría el aire, las flores y los árboles se abatían mustios, las estatuas languidecían y la pesadumbre cubría la atmosfera. La alegría del lugar nos había abandonado.

Enrique, el cuidador, lloraba como un niño, igual que el resto del personal. Lágrimas en sus rostros, que lloraban por una joven niña querida, que no merecía ese final. Cuando estaba acariciando a Chita y a Tino, apareció Jacinto seguido de Alicia, a unos veinte metros, y me dijo:

—¡Quiero el retrato de Graciela! ¡Es mío! Te daré lo que pidas,

—No está terminado —le dije.

—Sí lo está, no me mientas, mocoso.

—¡Jacinto, deja de comportarte así! Es el mejor amigo de tu hija y el que la ha cuidado en su enfermedad más que nadie. Ha estado todos los fines de semana con ella, sin despegarse ni un minuto. Hasta ha dormido en el hospital. No tienes derecho a hablarle así —respondió contundente Alicia.

—Por las buenas o por las malas, me darás ese retrato. Y se fue.

—Lo siento —me dijo Alicia—, está muy alterado.

—Lo entiendo, la muerte de un hijo es antinatural.

—Gracias por todo, Beni. Eres la persona que hizo más feliz a mi hija y eso no lo olvidaré nunca.

—Gracias por tus palabras, Alicia, pero también Graciela me hizo ser muy feliz. Cuando pase todo un poco, me gustaría venir a pintar ese cuadro inacabado, ¿me dejarías?

—Por supuesto, siempre serás bienvenido y no le des importancia a Jacinto, se le pasará. Es cuestión de tiempo, de asimilar el golpe más duro que te puede dar la vida.

Le di un abrazo enorme y nos despedimos.

«No sabes lo fuerte que eres hasta que ser fuerte es la única opción que tienes», decía Bob Marley.

En Navidades vino Malai por segundo año a pasarlas con nosotros. Su español había mejorado muchísimo, su capacidad de estudiar no dejaba de sorprenderme. Hablaba fluido y mi familia estaba encantada con su manera de ser y su sonrisa. Su cariño y su amor habían aumentado, la distancia nos unía más. Me deseaba y yo a ella, pero, sobre todo, la necesitaba para darme su paz, su tranquilidad y su sosiego. En un año había muerto dos veces. Dicen que mueres tantas veces como perdemos a uno de los nuestros. Malai me devolvía a la vida, me ayudaba a transitar mi duelo, mi sufrimiento y poder pensar en un futuro mejor.

Las palabras de Jacinto resonaban en mi mente: «Por las buenas o por las malas». Paseando con Malai, tuve una sensación que nunca había tenido. Me sentía observado, como si alguien me siguiese. Era una sensación extraña porque miraba hacia atrás y no veía a nadie sospechoso de seguirme. Pensé que era un pensamiento ridículo. ¿Quién me iba a vigilar? ¿Para qué?

Al día siguiente le dije a Malai que fuésemos a la biblioteca, que quería ver unos dibujos. Al llegar me fijé en todos los coches aparcados en la calle y en el *parking*. Como era Navidad, no había muchos; al contrario, el *parking* exterior estaba prácticamente vacío. Salimos por la pequeña puerta lateral, como había hecho con Graciela, y nos dirigimos al estacionamiento. Ahí vi por primera vez a los que me seguían.

Eran dos hombres corpulentos; uno moreno, muy grande, y otro castaño, más pequeño. Estaban en un Seat 1430 igual al de mi padre, pero de color gris. No se percataron de nosotros, que los vigilábamos escondidos detrás de los coches. El más corpulento tenía una cicatriz desde la frente hasta la mandíbula, estaba sentado en el asiento del piloto. Tenían las ventanillas abiertas porque estaban los dos fumando como carreteros. Eran de seguridad de Jacinto, supuse, ¿quién, si no, podría hacer que me vigilaran?

Entramos de nuevo a la biblioteca por la puerta lateral y salimos por la entrada principal. Ahora ya sabía quién me vigilaba sin entender los motivos. Al movernos lo hicieron también ellos. Solo se lo conté a Malai, que empezó a preguntar cuando los observábamos agachados en el *parking*. No podía contarle nada a mi madre, no tenía motivos y, sobre todo, no entendía el porqué.

De vuelta en Madrid, echaba de menos a Malai, aunque las noches madrileñas seguían alejándome de la realidad y la tristeza, que lamentaba a base de alcohol y de pastillas. Quedábamos en el piso que Iñaki, Pepe, Javier y David tenían en Malasaña, íbamos a varios bares donde nos conocían y donde comenzaba la noche: La Ola, Palentino, Penta, La Vía Láctea, Pachá, Rock-Ola, Joy Eslava. Acabábamos en Sol, sin olvidar Morocco, donde la música más vanguardista y puntera se daba cita con los personajes más estrafalarios y pintorescos que te puedas imaginar. Todos eran cercanos, amigables, como si te conocieran de siempre.

Las conversaciones se iniciaban de manera fácil e instintiva, sin reparos, sin miedos, y te abrían de forma espontánea a los demás. Cada noche conocías a alguien y casi nunca terminábamos todos los amigos juntos, o sí. Eran noches distintas, en que te atrapaban las risas, los personajes, las curiosidades, los pensamientos abiertos, sin importar las diferentes opiniones sobre la vida. Al contrario, se mezclaba un cóctel perfecto para disfrutar, gozar y pasarlo bien. Al mismo tiempo, resultaba estrambótico pero único y te sentías feliz. Todos eran amigos, sin broncas ni malos rollos. La vida se saboreaba con alcohol, sexo, drogas y *rock & roll*. Al día siguiente no recordabas lo que habías hecho a mitad de la noche, con quién habías estado. Solo una vaga idea, instantes, personas y frases que se mezclaban en tu cerebro sin orden ni exactitud.

No me gustaba no recordar, no saber lo que había hecho, solo momentos del principio de la noche. Después, la mente no conseguía hilar. Me frustraba aquello, me avergonzaba.

El olor a tabaco al día siguiente no lo soportaba. Yo no fumaba, pero todo el mundo lo hacía. A veces, cuando alguien me pedía un cigarrillo o fuego y contestaba que no fumaba, me miraban como si fuera un bicho raro. El olor me hacía sentirme sucio. Me duchaba rasgando la esponja, hasta dejar la piel enrojecida, para quitar esa peste de mi cuerpo, en el pelo y en toda la ropa.

No podía continuar arrepintiéndome de mis actos. Renegaba de mí mismo, de la existencia equivocada. Tenía que cambiar mi forma de vida. Los fines de semana debía dejar de salir. Me notaba en una espiral que me empezaba a gustar, amenazaba mi fuerza de voluntad e intentaba silenciar la voz de mi padre, que insistía. Era lo que me auxiliaba.

Al principio fue difícil dejar de pasarlo bien y olvidar el sexo, el alcohol. Estuve unos fines de semana con *mono*, con ganas de no perderme la fiesta. A los verdaderos amigos, como Iñaki, David y Pepe, les pasaba un poco lo mismo, pero nos divertíamos mucho y costaba no seguir al resto. Éramos estudiantes. No habría otros momentos para la fiesta, pensaba la mayoría. Se dejaban llevar como rebaños de ovejas sin saber nunca que se dirigían por el desfiladero.

Lo corté radicalmente, no había otra forma de conseguirlo. Tenía que ser resistente, perseverar y pensar en lo que realmente quería de mi vida.

La meditación, la voz de mi padre y la fuerza de Malai me ayudaron a dedicarme al estudio y a pintar. Las técnicas y las clases me evadían; aprendía y disfrutaba materializando los procesos; me regocijaba dibujando, realizando esculturas.

Comencé a visitar El Prado con frecuencia. Las pinturas me empezaron a hablar como nunca lo habían hecho. Me sorprendía, respondían a preguntas que venían a mi mente. Los cuadros me contaban su historia, la de sus creadores. Era escuchar una nueva voz. Me había vuelto a reencontrar con lo que añoraba mi interior desde pequeño, la pintura.

Dejé definitivamente las noches madrileñas para enfocarme en lo que me motivaba. Había nacido para ser pintor y, como me decía mi padre, tenía que poner todo de mi parte para intentar ser el mejor. El trabajo en la pintura absorbía mi tiempo y dedicación. Los dos mil cuatrocientos cuarenta minutos diarios no me llegaban, estaba totalmente inmerso en desarrollar mis aptitudes. Los fines de semana y las noches los pasaba dibujando hasta quedarme dormido sobre la mesa de pintura. Me dolían los dedos y el negro del carboncillo era perenne en mis uñas. El olor a carbón y a pintura era perpetuo en mi cuerpo, rasgos de la dedicación inalterable a la pintura.

«El peligro más grande para la mayoría de nosotros no es que nuestro objetivo sea demasiado alto y no lo logremos, sino que sea demasiado bajo y podamos alcanzarlo», decía Miguel Ángel.

Al cabo de unas semanas mi madre me llamó.

—*Hola, Beni, ¿cómo estás? ¿Cómo te encuentras? Iremos a verte María y yo el próximo fin de semana, ¿te apetece?*

—Claro que sí, mamá, os echo de menos. Estoy muy ocupado volviendo a pintar, me faltan horas al día…

—*Pues ve dejando de pintar el próximo finde, que estaremos ahí. Te voy a contar algo antes de que te enteres por otro medio. Ayer unos ladrones entraron en casa cuando no había nadie. La Policía ha dicho que tiene toda la pinta de profesionales que fueron a por dinero y joyas, que no encontraron. Solo se llevaron unos pendientes y unas pulseras mías. Como sabes, las pocas joyas que tengo las guardo en el banco, ya que nunca me las pongo. En tu habitación también buscaron, por si había algún escondrijo, pero creo que no se han llevado nada.*

—¿Puedes ver si los cuadernos grandes de Dina5 están al lado de la mesa de dibujo, en la repisa? —pregunté.

—*No me cuelgues, voy a mirar.*

—Vale, mamá, no me voy a ningún sitio.

—*No, no están. ¿Seguro que los habías dejado aquí? ¿No los tendrás ahí? ¿Para qué iban a robar unos dibujos a carboncillo?*

—No lo sé, tengo que mirar si no los tengo por aquí, ya que me traje casi todos los cuadernos —le dije para no alarmarla.

—*Bueno, Beni, te quiero. Hasta el viernes próximo* —me dijo.

—Hasta el viernes. Yo te quiero más mamá y pondrás una alarma en casa para sentirte más segura, ¿no?

—*Claro, mañana vienen a instalarla. Voy a cambiar la puerta y las cerraduras porque no forzaron la puerta. Debían de tener una llave maestra, dijo la Policía.*

—Deseando veros —me despedí.

Sabía perfectamente que los cuadernos grandes no los tenía en Madrid, solo tenía los pequeños. Los habían robado ¡por orden de Jacinto! No me lo podía creer, ahora entendía sus palabras: «por la buenas o por las malas». Quería el retrato a toda costa, pero no le iba a resultar fácil conseguirlo.

El fin de semana con mi madre y María fue fantástico. Mi madre reservó para comer en unos sitios que nos hicieron acordarnos mucho de mi padre, de cómo nos sorprendía conociendo la especialidad de cada restaurante.

Visitamos el Reina Sofia —ya que El Prado lo tenía muy trillado—, fuimos de compras y disfrutamos del tiempo juntos. La vida comenzaba a vivirla de una forma diferente, como si cada día fuese el último, aprovechando cada instante.

Las muertes, la fuerza de la pintura y la meditación me habían cambiado sin que me diera cuenta, me ayudaron a dejar para siempre las noches de lujuria, diversión y alcohol de Madrid. Mi madre me volvió a preguntar por mis cuadernos, le dije que algunos sí, los tenía aquí, en el Colegio Mayor. No quise preocuparla, tenía que resolverlo yo.

A los pocos días salía andando de la universidad hacia el Colegio Mayor, cuando unas caras conocidas en un coche se detuvieron delante de mí y me dijeron desde la ventanilla:

—Suba al coche, el señor Buenafuente quiere verlo.

—Ahora no puedo, en otro momento —les contesté a Iñigo y Fernando, los guardaespaldas de Graciela.

—¿Cuándo podrá? Para decírselo al señor Buenafuente.

—Mañana a esta misma hora.

—Gracias —me contestaron.

Al día siguiente allí estaban Iñigo y Fernando esperándome. Me subí en su coche y fuimos directos al hotel Ritz. En la *suite* presidencial, que utilizaban los presidentes, cantantes y millonarios, me esperaba Jacinto con su séquito de personas alrededor. No vi al de la cicatriz ni a su acompañante, pero estaba seguro de que eran personal de su seguridad. Le pidió al resto que nos dejasen solos, únicamente se quedaron Iñigo y Fernando.

—¿Cuánto quieres por el retrato? —me dijo directamente Jacinto.

—Hola, Jacinto. Se lo dije en el pazo: el cuadro no está terminado,

—Otra vez con lo mismo. Lo vi terminado antes de que te lo llevases. El cuadro me pertenece, dime, pon la cantidad, no me importa los ceros que pongas, ¡quiero ese cuadro!

—Lo entiendo, pero necesito tiempo para terminarlo, aunque no lo crea. Se lo dije en su momento a su hija, faltan brillos, luces, sombras y retoques. Los retratos son interminables, siempre se pueden mejorar matices, detalles, repasar tonos, difuminar, añadir más capas...

—No quiero añadir nada, me gusta como está. Dime cuánto.

—No es cuestión de dinero, sino de acabar lo que no está terminado. Cuando llegue el verano me pondré con ello.

—¿Por qué no lo haces ahora? Los fines de semana también pintas, ¿no?

—No puedo, no tengo tiempo. Es mi primer año en Bellas Artes, tengo mucho que aprender y estudiar,

—Aprende a terminar lo que empezaste y lárgate de mi vista —me dijo con su tono despectivo.

—Adiós, Jacinto —le contesté.

Me quedé pensando en la conversación. ¿Cómo sabía que pintaba los fines de semana? ¿Me vigilaría también en Madrid? Mi vida era de lo más normal. De repente, un escalofrío me recorrió el cuerpo. ¿Y si me habían visto de borrachera, por Madrid, de fiesta? No era mucho para poder chantajearme.

En mis pensamientos apareció Malai, su cariño, su dulzura, las noches de París, lo que le dolería si se enterase… pero lo había hecho inconscientemente, sin darme cuenta. Las pastillas y el alcohol lo habían realizado. No había sido yo, sino otro yo que, inocentemente, intentaba divertirse para olvidar penas y que no podía reprimirse en el sexo. No me acordaba ni de sus nombres.

Habría querido borrar esos vagos recuerdos. Era todo difuso, borroso, no me acordaba ni las veces que lo había hecho. Me levantaba en un sillón o en una cama sin recordar prácticamente nada de la noche anterior, me arrepentía, salía deprisa sin mencionar una sola frase. Tenía que correr para limpiar las toxinas y la mente. Me compungía haberlo hecho, pero todo había quedado atrás. No volvería a tomar drogas ni alcohol, que te hacen buscar siempre más cantidad. Es como nunca tener suficiente porque así son las drogas, más y más y más. Llegas a una espiral en la que mucha gente se queda.

Yo había salido y no volvería. Me había dado cuenta justo a tiempo. Sí saldría a tomar unas cervezas o unas copas, pero no en la forma que lo había hecho. Meterme en el cuerpo pastillas sin saber su composición —aunque eran éxtasis, me decían—, química de garrafón sin saber la mezcla, era una locura. Nunca nunca más volvería a caer.

«Hagas lo que hagas en la vida, si quieres ser creativo e inteligente y desarrollar el cerebro, debes hacer las cosas con la conciencia de que todo, de alguna forma, se conecta con todo lo demás», decía Leonardo da Vinci.

En la universidad los profesores tienen una vocación grande para que aprendas, mucho mayor que en el colegio. Aunque parezca que van a su rollo, ven mejor que nadie el potencial y el interés de los estudiantes, buscan sacar y pulir ese talento que llevamos dentro. También fueron estudiantes y pueden intuir mejor las capacidades de cada alumno. Detectan rápido a los que ponen interés por mejorar, por aprender, por sentirse cautivados y motivados por lo que enseñan.

El profesor de pintura, Juan Fernández Miranda, al ver algunos de mis bocetos, me dijo:

—La pintura la tienes en la mente. Muy pocas personas ven lo que ves tú, y lo trasladas de una forma única sobre el lienzo. Tienes un talento innato, Benito, pero debes mejorar tu ímpetu. Dibuja desde la calma. Quieres terminar antes de empezar, no intentes correr tanto tan rápido. Para hacer una maratón hay que prepararse. Tú tienes la fisionomía y las cualidades de un keniano, que, como sabes, son los que mejor corren, sin prisa, pero sin pausa.

»Las formas, la perspectiva, las luces y las sombras las dominas. Necesitas paciencia y utilizar más las técnicas. Seguro que con el tiempo y la pausa mejoras mucho. Hacía mucho que no veía a nadie con tu talento para la pintura. Deja que fluya con naturalidad, como los grandes maestros; deja que salga lo que realmente llevas dentro, que tu mente encuentre el equilibrio, y sigue trabajando como hasta ahora, y te aseguro que conseguirás llegar donde otros no pueden y, sobre todo, vivir haciendo lo que nos gusta. La felicidad no es hacer lo que uno quiere, sino querer lo que uno hace.

—Gracias por tus palabras, Juan, no sabes lo mucho que significan. Son una satisfacción muy grande para mí. Me fortalecen, me dan seguridad para continuar mejorando y aprendiendo. En mi mente, algunos temas personales provocan mi impaciencia, que corregiré. No voy a correr, dejaré de ser impaciente, no es más que eso. Gracias, de verdad.

—De nada, Benito. Lo has entendido muy rápido y es importante valorarlo y cambiarlo.

Fue un subidón de autoestima que un profesor de su categoría me dijese en tan poco tiempo esas palabras…

Era un entendido del arte, había pintado durante toda su vida, tendría unos cincuenta años. Esas alabanzas sobre las pocas pinturas y bocetos míos que había visto eran algo que no me esperaba, había mucha gente buena en clase.

Efectivamente, mi mente no estaba al cien por ciento en la pintura. Graciela, Jacinto, Malai, mi familia, tenía demasiadas cosas en la cabeza, que me distraían, me generaban ansiedad y me hacían correr demasiado. Como bien decía el profesor, sus palabras sobre mi talento me llenaron de fuerza interior para esforzarme aún más en intentar ser mejor. Tenía la fisonomía para hacerlo, mi mano había recobrado totalmente la fuerza y la destreza.

Me fui de la universidad muy contento, feliz de poder ser lo que siempre había querido y deseado, un gran pintor.

«Cuando no tuve nada que perder, lo perdí todo. Cuando dejé de ser quien era, me encontré a mí mismo. Cuando conocí la humillación y aun así seguí caminando, entendí que era libre para escoger mi destino», decía Paulo Coelho.

El verano se acercaba. Mi inmersión en el trabajo era insaciable, los días pasaban como las palabras de un buen libro, mis manos se agotaban, me dolían de placer al comprobar las creaciones, las técnicas, las diferentes mezclas de los aceites con los pigmentos, las veladuras. Incluso la escultura no se me daba mal. Podía crear con mis manos objetos que llamaban la atención. Mi creatividad aumentaba cada día. En cualquier material en bruto veía siempre una figura que quería surgir, ser esculpida, pulida para ser contemplada. Mi profesor, o más bien tutor, Juan Miranda, me animaba en mi creación y siempre me repetía:

—Todo es creado dos veces: primero, en la mente y, después, en la realidad. Tu mente, Benito, ve lo que otras muchas no ven, tienes un don de generar belleza. Siento admiración por cada una de tus creaciones artísticas y ahora tienes esa templanza que te faltaba al principio.

—Gracias, Juan, tu ayuda y ánimos son fundamentales para mí.

—Sabes que aquí tenemos muchos contactos con galerías y exposiciones. ¿Te gustaría el año que viene hacer una pequeña exposición? Y, si vendes, te llevas un buen dinero —me dijo.

—Me encantaría, aunque tengo mucho por hacer antes de llegar a realizar una exposición. Pero ¿por qué no? Muchas gracias por todo, Juan, te estaré siempre muy agradecido.

—No pienses, Benito, en una gran exposición. Como dice el refrán, las mejores esencias se guardan en frascos pequeños. Solo va a ser una pequeña muestra de tu creatividad. Que la gente se quede con ganas de conocer más de ti, de tu imaginación para concebir arte.

«Todo el mundo discute mi arte y pretende comprender, como si fuera necesario entender, cuando simplemente es necesario amar», decía Claude Monet.

Para el verano mi madre había preparado un viaje de tres semanas a Formentera, para disfrutar del buceo, estar juntos, descansar. Yo quería pintar, pintar y volver a pintar, aunque, por supuesto, nos relajamos los tres buceando en esas islas paradisíacas como son las Baleares.

Necesitaba en La Coruña un lugar para pintar, un almacén, un estudio, una nave... Le pedí ayuda a mi madre y me consiguió un almacén en las afueras de la ciudad, muy barato, sin calefacción, pero perfecto para poder trabajar.

Compré unos lienzos grandes del mismo tamaño que el retrato de Graciela e hice que me los enviaran. Como me seguían vigilando, instalé dos cámaras pequeñas en el almacén, ya que la puerta tenía una pequeña cerradura muy fácil de abrir. Me hice ver y me pasaba el tiempo creando, mi imaginación expulsaba ideas mezclando elementos, creatividad, fantasía, ingenio, inventiva. Todo se juntaba de una forma como si siempre debieran haber estado unidos. Me sorprendía a mí mismo, nunca hubiera imaginado que podía crear todo lo que estaba creando.

A los quince días tuve una sorpresa desagradable. Al llegar al estudio, la cerradura estaba forzada. Habían entrado, estaba todo por los suelos, tirado con saña.

Antes de avisar a la Policía revisé las cámaras, de las que casi me había olvidado, y a punto estuve de perder la grabación de ese día porque las cámaras solo grababan si existía movimiento en el almacén. Se activaban cuando cerraba y en todos los días anteriores no había habido movimiento. Únicamente grabó una de ellas, la otra no se activó.

La grabación duraba seis minutos y veintiocho segundos. Los había pillado. Se veía a dos personas que tiraban todo y enrabietados al comprobar que los lienzos grandes no contenían lo que buscaban. Los tiraron al suelo, lo mismo que el resto de las pinturas. También me rompieron una pequeña escultura de barro. Desde el minuto cuatro sus caras se veían perfectamente con poca luz, aunque encendieron las luces para rebuscar en cada rincón. La nitidez del hombre con la cicatriz en la cara me hizo pensar rápidamente en Jacinto y sus secuaces. Como no quería entregar el visionado a la Policía y que a los dos días esos matones se fuesen de rositas por no haber robado nada, decidí antes hablar con un policía que de alguna forma me debía una.

—Me gustaría hablar con el comisario Pablo Piñeyro, por favor —pregunté.

—¿De parte de quién?

—De Benito Buendía.

—Un momento, voy a ver si puede ponerse,

—¿Benito Buendía? ¡Cuánto tiempo! Han pasado más de dos años, ¿no?

—Sí, van a ser tres en diciembre —le contesté.

—Me imagino que has tenido algún problema. ¿Sigues pintando? Estoy seguro de que recuperaste tu mano después del accidente, ¿es así?

—Sí, sigo pintando. Mi mano ha recuperado fuerza y destreza. Lo llamaba porque han forzado mi estudio. Sé quién lo ha hecho, pero como no han robado nada, con un buen abogado los delincuentes saldrán de rositas y sé lo que buscan. Necesito verlo y contarle para trazar un plan.

—Pues sí que parece que lo tienes todo controlado. Han entrado en tu estudio, sabes quién ha sido, me imagino que tienes alguna prueba y quieres ponerles un cebo para que la ley pueda actuar sobre ellos. A eso lo llamo saber lo que uno quiere.

—Bueno, sí, pero no es tan fácil como lo pinta. Los delincuentes son mandados por una persona muy influyente —le dije.

—Con cada palabra que me cuentas más me gusta tu historia. Si hay algo que siempre busco, es la justicia y, cuanto más famoso o más poderoso es el personaje, más disfruto de hacer justicia. Esa gente que se salta la ley pensando que son superiores a los demás me repatean y no todo en la vida se puede solucionar con dinero. Ven mañana a las nueve a la comisaria.

—Gracias, comisario. Entonces, ¿no pongo hoy la denuncia?

—No, mañana lo vemos todo aquí y ya la pones.

—De acuerdo, comisario, hasta mañana entonces.

—Hasta mañana, Benito.

Al día siguiente fui solo a la comisaria. No quería contarle nada a mi madre para no preocuparla, pero el comisario me dijo que era mejor contárselo de una manera natural, como si hubieran sido dos cacos de la zona que vieron que un almacén se llenaba de cuadros. Al inspector le conté toda la historia sobre el retrato de Graciela y la obsesión de Jacinto por obtenerlo. Me preguntó en cuánto tiempo podía hacer una copia, a lo que le contesté que, una mala copia, en veinte días. Me dijo que lo hiciese en diez y que empezase ese mismo día. Le conté mi intención de terminar ese segundo retrato de Graciela cambiando luces, sombras. Debería posponerlo y trabajar con celeridad en el falso.

Me puse a pintar esa tarde con una foto que tenía de los retratos. A los cinco días, el inspector vino a mi estudio y colocó más cámaras y un sistema de localización incrustado en la madera trasera del lienzo. Nadie podría verlo ni darse cuenta del dispositivo.

Tardé ocho días en terminarlo. No me gustaba en absoluto. Era la primera vez que renegaba de mi trabajo. Me sentía mal porque Graciela no se merecía que la dibujase de esa forma. En cualquier parte que me fijara se apreciaba un trabajo sin terminar, sin luces, ni pliegues, ni brillos y la cantidad de capas era ridícula, apenas lo había trabajado. La cara de Graciela no tenía matices, era plana, sin profundidad. No se podía comparar a lo realizado. Fue el único cuadro que no firmé por el reverso, acto que repetía metódicamente antes de empezar cualquier obra. Me abochornaba mi falta de pasión. Simplemente, había hecho una mala copia, pero si algún caco lo veía, daría el pego ante su falta de conocimientos porque buscaría un cuadro de Graciela.

Con la mala copia me surgieron las ganas de terminar la réplica y durante varios domingos le pedí a Iñaki poder pintar en la casa de campo de sus abuelos. Intentaba despistar en la forma de llegar por si alguien me seguía, aunque comprobé que los domingos libraban de realizar seguimientos. El verano estaba llegando a su fin y mi obra, a sus inicios. Pinté playas, atardeceres, bosques, algún bodegón y unos retratos de unas paisanas que se pasaban el día sentadas en un banco cercano a mi estudio. Fue una serie de tres pinturas muy reales que retraban a la perfección a tres mujeres gallegas del campo, con su vestimenta negra y las arrugas y pliegues que invadían sus rostros. Los pinté con pasión, como siempre había dibujado. Todos los embalé (excepto la mala copia) para tenerlos en Madrid, por si podía realizar la exposición, para tener una variedad temática sobre mis pinturas.

«Cuando estás inspirado por un gran propósito, por algún extraordinario proyecto, los pensamientos rompen las barreras; la mente trasciende sus limitaciones, la conciencia se expande en todas direcciones y te encuentras en un nuevo mundo maravilloso. Las fuerzas, las facultades y los talentos dormidos cobran vida. En ese momento te das cuenta de que eres mucho más grande de lo que jamás hubieras soñado», decía Patanjali.

El segundo año en Bellas Artes proseguí el desarrollo de conocimientos y técnicas, unido a mi afán creativo por producir, de imaginar, de estar conectado a la creación de arte. La amistad con el maestro Juan Fernández Miranda crecía cada día, su implicación en busca de mi excelencia era desmedida, su cooperación en mi crecimiento me hacía sentirme como un discípulo de artista. No existían los descansos, en el tiempo libre programaba mi siguiente creación.

Pasaron los meses hasta que Juan me confirmó la exposición de mi obra en la Galería del Cisne, una de las más antiguas y prestigiosas de Madrid. Sería durante todo el mes de noviembre. Mi felicidad, la de mi madre y la de mi hermana eran infinitas, solo me faltaba Malai. Era lo único que no me dejaba alcanzar mi cenit. Le reservé un billete para el día de la inauguración. Dudé si traer a la exposición el retrato de Graciela, pero no lo hice. Como me había indicado Juan, tenía que ser una pequeña representación, aunque fuese, sin lugar a dudas, mi mejor obra. Juan y compañeros de clase me ayudaron a elegir y, antes de ponerle precio, me preguntó:

—¿Quieres vender tus obras o posicionarte desde el inicio como un pintor que en cada cuadro y en tus esculturas invierte muchas horas de trabajo y un talento que es solo tuyo, para crear arte? —me preguntó.

—No sé qué contestar. Por una parte, quiero que reconozcan mis esfuerzos, pero tampoco quiero regalar las obras. Al contrario, no tengo ninguna necesidad de ganar dinero —le dije.

—Eso está bien. Entonces, déjame poner a mí los precios para no preocuparnos de vender. Es mejor empezar exigiendo mucho para que los críticos y, sobre todo, los que no saben de arte crean que las obras son mejores porque cuestan más. Por desgracia, así funciona la mente humana.

—Conforme, Juan, lo que tú digas. La verdad es que yo lo que estoy es impaciente y nervioso porque la gente vea lo que he creado. No tengo necesidad, como te decía, de vender y sí de que me valoren, espero que con buena nota.

—No tengas ninguna duda. Cualquier gallego va a percibir Galicia al contemplar esas tres mujeres que simbolizan, más allá de la clase social, el rugir del mar y el sosiego de las playas, los bosques milenarios. Impregnas de brumas y de morriña el paisaje auténtico gallego y esas pinceladas únicas crean un ritmo asombroso en cada obra. Me recuerdan a maestros paisanos célebres, como Arturo Souto. Los trazos curvos y tamizados conmemoran a Manuel Colmeiro y, al fin y al cabo, representan la cultura celta que llevas dentro. Tienes influencias cubistas, impresionistas, surrealistas, trasmites frescura y exquisitez y, sobre todo, mezclas lo que muy pocos logran mezclar. Estoy muy orgulloso de haberte enseñado y me siento un privilegiado.

—Juan, me vas a poner colorado. Voy mejorando, pero que te recuerde ya a Colmeiro, te has pasado tres pueblos. Gracias por tus palabras. Sin tu ayuda no lo hubiera conseguido.

—Es la mayor satisfacción de un docente.

—Si se vende una obra, ¿se pone vendido al lado de la placa, pero no se la pueden llevar hasta que termine la exposición? ¿Es así como se hace?

—Así es. Tus obras estarán expuestas durante el mes de noviembre, independientemente de si se venden o no.

La inauguración a las cinco de la tarde fue algo extraordinario para mí, estaba exaltado. Creo que nunca estuve tan cerca del cielo como ese día. La voz de satisfacción de mi padre me hacía sentirme afortunado. Mi familia, Malai, mis amigos…, todo eran alabanzas hacia mis pequeños hijos, como consideraba a mis creaciones. Se asombraba cada persona que entraba en la galería, sus rostros reflejaban cómo las buenas pinturas los hacían sentir, provocaban en ellos admiración y fascinación. Disfrutaba viendo las caras de la gente al contemplar mis lienzos. Para mí es como se deben de sentir los aplausos en una obra de teatro.

A la media hora, Juan vino corriendo exaltado hacia mí.

—¡No te lo vas a creer, Beni! Un comprador anónimo ha comprado la exposición entera. Ha mandado a ese hombre que ves ahí de traje en la puerta, con un cheque por el valor total de las obras. Son quinientas cincuenta mil pesetas. ¡Es una locura! ¡Y mira que puse los precios altos para no vender!

—No puede ser, estás de broma.

—Aquí tienes el cheque. ¡Esto sí que no me lo esperaba! ¡Es increíble! —me dijo.

—¿Y no sabemos quién lo ha comprado?

—¡Qué más da! Quiere permanecer en el anonimato.

—Pues yo tengo intriga por saber quién ha comprado todas mis obras.

—Le preguntaré, pero estas personas lo que suelen querer es precisamente eso: mantener el secreto.

—Bueno, vale… Por un lado, me da pena no poder enseñarlas más.

—¡Son quinientas cincuenta mil pesetas! Es una barbaridad de dinero —me repitió.

«Un pintor es un hombre que pinta lo que vende. Un artista, en cambio, es un hombre que vende lo que pinta», decía Pablo Picasso.

Juan, como un poseído, colocó los carteles de vendido en todas las obras. Al día siguiente, el hecho de haber vendido tan rápido la exposición entera originó más expectación y colas para visitarla. La galería estaba encantada, principalmente, por su comisión en la venta, pero también por la publicidad y las colas que comenzaron a formarse a partir del tercer día. Las críticas en las secciones de cultura de los principales diarios se concentraban mayoritariamente en el hecho de haber vendido la exposición completa en menos de una hora o, como alguno exageradamente mencionó, se vendió en cuanto se abrieron las puertas.

Me molestó que la mayoría hablase del dinero y de la rapidez con la que se compraron los lienzos y las dos esculturas; muy pocas, en cambio, hablaron sobre mi pintura. Recorté de los periódicos las críticas que hablaban de mi arte:

«Capaz de sugerir evocaciones a la Galicia auténtica, dándoles vida propia a cada retrato con valores tradicionales combinados con una novedosa percepción del arte».

«Transmite frescura y exquisitez, obra meditada, rica e importante por cómo está trabajada».

«Pincelada ágil y certera cargada de color y elegancia».

«Superdotado, gran oficio de asombroso dibujante y pintor, colorista exultante, tierno, agresivo, bucólico, toca todas las tendencias, las mezcla de manera innata, desde el academicismo más riguroso al informalismo absoluto pasando por todos los ismos: realismo, impresionismo, fauvismo, expresionismo, purismo, surrealismo».

«Estilo hiperrealista donde se identifica la temporalidad y el deterioro de lo material. Busca dentro de la realidad que lo rodea los aspectos más cotidianos, los cuales están tratados con un enorme detalle, gusto por la realidad y cierto predominio del dibujo sobre la pintura».

Una de ellas me señaló exageradamente como el pintor más joven con mayor proyección del momento.

Esa noche invité a cenar a Malai, mi familia, Juan, mis amigos y compañeros de clase —éramos más de treinta— al conocido restaurante Asador Donostiarra. Degustamos una comida exquisita y una velada inolvidable. También quise regalarle a Malai las tres noches que se quedaría en Madrid en el famoso hotel Ritz, donde gozamos después de la intensidad de la inauguración. El placer de estar unidos sin que nada ni nadie nos molestara era algo que requería desde hacía tiempo.

Tuve que pedir en el hotel privacidad, no recibir llamadas de periodistas ni de un montón de gente que quería entrevistarme. En solo unas horas mi destino había cambiado de una forma que nunca me hubiera podido imaginar. El dinero y el capitalismo en esa lujosa habitación me hizo pensar y repeler parte de lo que me ocurría. Le pregunté a mi estrella, que siempre me iluminaba:

—Malai, tengo un resentimiento interno por la cantidad enorme de dinero que me han dado. ¿Qué opinas? ¿Qué harías?

—Opino que es un dinero por tu gran trabajo y sabes que mi filosofía de vida es compartir con los demás, con los que no tienen nada. Haz una donación y seguro que ese resentimiento se te pasa al ver cómo ese dinero ayuda a que niños no mueran de hambre.

—Qué razón tienes. Pensaba que podía ser para un pisito para nosotros.

—No es algo que necesitemos ahora. Si no quieres seguir viviendo en el Colegio Mayor, puedes alquilar. No debe ser una prioridad en estos momentos comprar un piso.

—Qué haría yo sin ti, sin tus consejos. Has entrado en mi vida y espero que nunca salgas. Voy a donar la mitad a una ONG: Unicef, Ayuda en Acción, Médicos sin fronteras ya decidiré cual. Gracias, te quiero, amor mío.

—De nada, Beni, yo también espero no salir nunca de la tuya. Soy muy feliz a tu lado. Por desgracia, mañana me voy. Espero poder volver pronto.

—Ahora vas a poder venir cuantas veces quieras, tenemos dinero para poder vernos cada mes, incluso cada semana…

Después de tres días inolvidables parecidos a los cinco que pasamos en París, Malai volvió a Londres. Su exigente universidad no le permitía tiempo libre. Sus notas tenían que ser muy buenas. Su familia depositaba las esperanzas de futuro en ella, así se lo hacían saber en multitud de ocasiones. Era la elegida y no podía defraudar, sería una ofensa terrible para su tío, que la había escogido por delante de sus propios hijos.

La exposición llegaba a su fin, las alabanzas a mi trabajo continuaban. Juan me obligaba a mantener los pies en el suelo, a sostener mi humildad, olvidar los elogios, a continuar mi camino como si no hubiera conseguido nada. Oía a mi padre hablarme con buen criterio, con modestia, sin ningún alarde. Me decía que no le diera importancia. Un simple golpe de suerte. Simplemente, alguien con mucho dinero, que tuvo un capricho con mis pinturas.

Sentía no poder volver a ver a mis niños, mis lienzos, y, sobre todo, no saber el lugar en que estarían expuestos. Rogué al emisario conocer al comprador y mantener su anonimato, pero fue infructuoso, no permitieron ni que el autor hablase con el comprador. Me vacié en el intento, me brindé a armar una pequeña sinopsis de cómo había realizado cada obra con tal de conocer su localización en el futuro. Todo estéril. No lograba entender la posición inflexible del enigmático comprador por mantener su anonimato.

«El secreto de la existencia humana no solo está en vivir, sino también en saber para qué se vive», decía Fiodor Dostoievski.

Me adentré en ejecutar las técnicas a las que llevaba dos años dando forma, ejercitando cada una de ellas, mezclando estilos como muy pocos se habían atrevido. La imaginación y utilizar nuevos materiales: cartones, maderas, barnices, texturas… Se abría ante mí un abanico inmenso, infinito, de creación. Me faltaban horas para realizar todo lo que desprendía mi mente.

En mi vida, después de alegrías siempre llegaban tristezas. Algún año, como el del internado, no aparecieron alegrías, solo infortunios, adversidades, sin rastro de que algo grato o bueno aflorase. Echando la vista atrás me sorprendía cómo había cambiado mi vida, cómo pequeñas circunstancias modificaron mi destino, esa trayectoria que uno va dejando a lo largo de su existencia.

Si no hubiera salido aquel domingo al bosque, probablemente Vicente no me hubiera suspendido en Educación Física y eso habría significado que no volviera al internado al año siguiente y no habría estado el día de la muerte de Julián. Vicente sería libre.

Si no hubiera visto a Graciela con el Musculitos, no habría salido corriendo con Manolo detrás, no nos hubiéramos tomado esos *whiskies* y, probablemente, no nos hubiéramos caído en la moto. No hubiese estudiado en Londres ni conocido a Malai...

Cómo son las circunstancias de la vida. En eso pensaba y vino a mi mente la película *Que Bello es vivir*, la increíble manera en que cambia una ciudad entera si una persona buena no existe y no hace más feliz a todas las personas que están a su alrededor. A veces, hasta que no nos damos cuenta de que significamos algo para los demás, no sentimos que hay un propósito en nuestra existencia.

«Tus creencias se convierten en tus pensamientos, tus pensamientos se convierten en tus palabras, tus palabras se convierten en tus acciones, tus acciones se convierten en tus hábitos, tus hábitos se convierten en tus valores, tus valores se convierten en tu destino», decía Mahatma Gandhi.

En la tercera Navidad de Malai en casa, era una más de la familia. Los importantes momentos vividos habían creado una unión inimaginable con mi madre y mi hermana. Me sentía orgulloso del buen rollo que existía desde el desayuno hasta que nos acostábamos. Malai seguía durmiendo en la habitación de invitados, mi madre era un poco antigua para dejar que en su casa durmiéramos juntos. A los pocos días recibí una llamada del inspector Piñeyro en casa.

—*Hola, Benito. ¿O debería de llamarte don Benito, ya que eres uno de los pintores con mayor proyección?*

—Inspector don Pablo, ¿a qué debo este placer?

—*Me imagino que desde que has llegado no has tenido tiempo de pasar por tu estudio, ¿es así?*

—Sí, así es. De hecho, pensaba pasarme dentro de dos días.

—*Pues vas a tener que ir mañana, hoy han entrado otra vez. Los cacos han mordido el anzuelo de la copia falsa. Se la han llevado y la tenemos localizada en un almacén en La Coruña. Tienes que poner una denuncia para que podamos iniciar los procesos. Nos vemos mañana, si quieres, en tu almacén y después vamos a la comisaría a poner la denuncia. Tenemos grabados a los ladrones, estamos investigando a quién pertenece el local porque está a nombre de una sociedad y tendremos que pedir la autorización del juez para poder realizar el pertinente registro, pero con el dispositivo en tu cuadro no habrá ningún problema.*

—Caray, inspector, me había olvidado de la copia... ¿Sabemos si es Jacinto el que está detrás de esta sociedad dueña del bajo?

—*En ello estamos, antes de mañana lo sabremos* —me dijo.

—Pues nada, nos vemos mañana. ¿A las nueve en mi estudio?

—*Sí, a las nueve nos vemos allí. Hasta mañana, Benito.*

—Hasta mañana, inspector.

Llegué con Malai a las nueve y diez minutos, y el inspector con su equipo me estaba esperando. Viejas caras conocidas de la Policía científica, como Mar Pardo y Raúl Mora, y el inspector Losada. Todos me saludaron efusivamente, de la misma forma que yo a ellos. Habían pasado más de tres años, pero recordaban mi inestimable ayuda para resolver el asesinato de Julián. Tomaron huellas del estudio-almacén, que estaba totalmente arrasado. Era desolador ver pequeños bocetos, los pinceles, las pinturas, los pocos botes de pigmentos que tenía, rotos, esparcidos, destrozados todos por el suelo… Incluso rompieron piedras que no había comenzado a pulir. Se ensañaron con una rabia que no entendía y despedazaron cada trozo de mí.

—Como ves, Benito, han descuartizado tu estudio a conciencia. No solo se llevaron el retrato falso, sino que lo han hecho con una furia enorme, como si les molestara lo que tienes o lo que haces. No te preocupes, sabemos dónde está el cuadro, el local está a nombre de Alicia Cabrera Duran, la mujer de Jacinto. Tenemos ya la orden del juez para poder entrar. Van a pagar por lo que han hecho, iremos a la comisaría a poner la denuncia y, si quieres, te presento a un abogado, porque se intentarán defender con artimañas legales. Debemos estar preparados y siempre ir un paso por delante; es la forma de coger a esta calaña, que se piensa que puede hacer lo que quiera y estar por encima de la ley.

—De acuerdo, inspector, avisaré a mi madre por si quiere venir y le comentaré lo del abogado.

En la comisaría puse la denuncia y el inspector llamó a casa de Jacinto para confirmarle que en treinta minutos irían con una orden judicial para inspeccionar el local. Habló con Alicia que, por lo que comentó el inspector, no sabía qué decir y se quedó asombrada de la llamada y su contenido. El inspector Piñeyro, que se las sabía todas, envió a unos agentes a la entrada del local, por si acaso. La sorpresa fue que, a los quince minutos de la llamada, dos hombres se presentaron en el local con la intención de sacar el lienzo. Al salir fueron detenidos y retenidos por los agentes que, inteligentemente, había enviado el inspector. Pasados otros quince minutos llegamos con toda la comitiva de policías al local. Ya estaban presentes en la puerta dos abogados de Jacinto para corroborar que la orden judicial era correcta. A los dos minutos, mientras releían la orden, aparecieron Jacinto, Alicia, los dos secretarios personales de Jacinto y otros dos hombres de traje que podían ser también abogados.

Entramos todos en el local mientras los dos hombres que se habían llevado el cuadro permanecían esposados en la entrada, con el cuadro falso apoyado en la puerta. Al entrar me dio un vuelco el corazón: el bajo era inmenso, de más de dos mil metros, con cientos de objetos de todas las clases: muebles, camas balinesas, estatuas, etcétera... pero ¡mis niños! La colección entera estaba en la pared derecha del local. ¡No solo la colección! Había un rincón y una pared repletos que me pertenecían, estaban mis cuadernos Dina5, bocetos de los que me había olvidado, realizados la mayoría a carboncillo, ya enmarcados, pero también dibujos a lápiz de Graciela. Su cara en la playa, sus ojos, su boca, la nariz que dibujé antes de que se la operase. Todos allí, en una especie de exposición santuario que me dejó atónito, asombrado, durante horas que fueron minutos. El inspector Piñeyro tomó la palabra:

—Buenos días, señor Buenafuente, señora y resto de personas presentes. Con esta orden judicial vamos a examinar la procedencia de cada uno de los objetos que se encuentran en este local. Les anticipo que serán acusados de varios delitos de robo continuado y de intentar destruir pruebas, como hemos podido certificar hace menos de veinte minutos con la detención de estas dos personas que se llevaban uno de los objetos robados en el día de ayer.

Jacinto y su mujer me clavaban sus miradas de odio, con los ceños fruncidos, apretando los dientes y las mandíbulas, con ganas de pegarme, de matarme si pudieran. Uno de los hombres esposados era el de la cicatriz en la cara, que me había seguido en infinidad de ocasiones y que aparecía en los pocos minutos de video que grabaron las cámaras la primera vez que me robaron en el estudio. En el robo del día anterior eran otros dos hombres diferentes, ya estaban identificados y en breve los detendrían.

El abogado con un traje azul oscuro —que se notaba que era de los caros—, de unos cincuenta años, repeinado para atrás, con unas entradas importantes, gafas azules de Emporio Armani, nariz aguileña, alto y de ojos azules, contestó al inspector:

—Tiene la orden para verificar la procedencia de los objetos que hayan sido robados si los hubiere, aunque está acusando a mis clientes, el señor Buenafuente y su señora, de un presunto delito que ellos no han cometido.

—Quizás, señor letrado, no los cometieron ellos físicamente, pero déjeme que dude de que no fueran ellos

los autores intelectuales y los que ordenaron los delitos —contestó el inspector.

—¡Usted quién se cree que es! Piensa que puede venir a mi local con este mocoso y decirme que he robado. Aquí el único que ha robado es este niñato, que tiene un retrato de mi hija que pintó en mi casa y me pertenece. ¡Se entera! No puede involucrarme con los robos —contestó Jacinto.

—Lo primero que no debería es insultar a nadie. Un hombre que se supone educado, inteligente y que ha conseguido tanto en la vida debería saber comportarse en la situación que nos encontramos. Sobre su implicación y la de su mujer como partícipes de los delitos, ya lo veremos... Hay pruebas irrefutables de la intervención o cobijo por su parte en los delitos mencionados. Le recuerdo que este local está a nombre de su mujer y tengo pruebas de la colaboración de los presuntos delincuentes para realizar los robos.

—¿Pruebas? ¡Qué pruebas! Diga... Si quiero, estos hombres testificarán que lo hicieron ellos de *motu proprio*. ¿Comprende, inspector? No tiene nada. ¿Cuánto quiere por estos dibujos? Diga, ¿cuánto?

—Mi cliente está un poco alterado por los acontecimientos, inspector, ruego no se lo tome en cuenta —intervino convenientemente el abogado del traje azul elegante.

—Lo entiendo, señor letrado, y usted ha intervenido porque supuestamente el señor Buenafuente ha dado a entender que puede generar un falso testimonio en personas que trabajan o colaboran para él, otro delito también penado. En cuanto a su pregunta de cuánto cuesta, los delitos no solo se arreglan con dinero, sino con penas por haberlos cometido. El señor Buendía dirá lo que estime conveniente sobre el valor de lo robado, independientemente de que usted haya pagado más de medio millón de pesetas por una colección de sus obras que son ¿ocho pinturas? Será él quien ponga un precio, separadamente de las penas que estime el juez por los delitos continuados de robo que le mencionaba al principio.

El abogado de Jacinto se lo llevó a una esquina y le debió de decir alguna consigna para que no dijese más cosas que lo perjudicasen. Las caras de rabia de Jacinto y Alicia eran increíbles. Debía ser la primera vez que no conseguían con dinero lo que se proponían. Era lo mismo que les pasaba con mi retrato. Se marcharon dejando allí a varios hombres de traje. Jacinto se mordía la lengua, por en su cara se apreciaba que hacía mucho tiempo que nadie lo había puesto en la posición de tener que callar. Aun así, antes de irse nos miró al inspector y a mí diciendo:

—No penséis que habéis ganado algo. Esto no ha hecho nada más que empezar y me da igual todo. No sabéis con quién os habéis metido.

—Efectivamente, la investigación no ha hecho nada más que comenzar y, aunque usted haya ganado mucho dinero en su vida, no siempre se ganan con dinero ni las causas ni a las personas —le contestó oportunamente el inspector.

Cuando estábamos solos, el inspector Piñeyro me dijo:

—Los tenemos cogidos por donde más les duele, y al hablar en el local tan despectivamente y diciendo que puede hacer que los que trabajan para él mientan ha sido una enorme metedura de pata. Lo desconocen, pero está todo grabado y autorizado por el juez. A los jueces, entre las cosas que más les molestan está el que los presuntos culpables mientan y siempre están buscando los testimonios falsos. Ya puedes ir poniendo una buena cantidad a tus obras y lo que han destrozado las dos veces en el estudio, para que el importe total sea elevado y, por lo tanto, la pena sea también alta.

—Gracias, inspector, la verdad es que estoy aún en *shock* por lo ocurrido.

—Dejarás de estarlo en breve. Esta tarde tienes que volver al local para realizar un informe detallado de todas las pinturas y dibujos porque algunos de ellos creo que ni te acordabas de haberlos realizado.

—Es cierto que de algunos no me acordaba. Además, como los tenía en un cuaderno, los han enmarcado y colgado y son muchos más de los que pensaba.

«Aquel que más posee, más miedo tiene de perderlo», decía Leonardo da Vinci.

Ensueños del destino

Siempre he dormido como un tronco, me da igual el colchón, que el somier tenga muelles, sea duro o blando… Cientos de noches me había quedado dormido encima de la mesa de dibujo, con la consecuente tortícolis o dolor pasajero el día siguiente. Me puedo quedar dormido en cualquier sitio o lugar, en una silla, en un barco, un tren, un avión… incluso alguna vez en el cine, viendo una mala película. No me importan ni los ruidos ni las luces. Puede una orquesta estar tocando a mi lado, que yo duermo sin problema. En la playa, dándome el sol, me tienen que despertar para no quemarme. Soy como un bebé en ese sentido, tengo un sueño profundo y me duermo con una facilidad pasmosa.

Jamás había soñado, o, por lo menos, nunca había recordado ningún sueño. Pero las últimas noches me despertaba a media noche empapado en sudor, angustiado, en mitad de un sueño donde siempre estaba Graciela. Me indicaba cosas que no comprendía, pesadillas donde ella estaba presente siendo siempre la protagonista. Lo sentía como una ansiedad atosigante, una inquietud que no me permitía seguir durmiendo. Me cambiaba la camiseta y el pijama empapados en sudor, iba al baño e intentaba volver a conciliar el sueño. No lo conseguía, daba miles de vueltas a la cama, desesperado porque eran las cinco de la mañana, con una inquietud asfixiante, sin entender lo que me sucedía.

Fui a ver al doctor Cobián, amigo de la familia, el que me había operado la mano. Se sorprendió mucho y me dio la enhorabuena por el sacrificio y recuperación que había realizado. Sobre el insomnio, me dijo que hay temporadas que, por estrés en el día o por acontecimientos importantes que nos ocurren, nuestro sueño se ve alterado. Me recomendó melatonina, un componente natural de venta en herbolarios y farmacias sin necesidad de receta médica. Debía tomar una pastilla treinta minutos antes de dormir. Continué varias noches de la misma forma. Me despertaba totalmente empapado en sudor, sofocado, sin que la melatonina me ayudase lo más mínimo a dormir. Permanecía con los ojos abiertos y Graciela rondaba en todos mis sueños como si tratase de comunicarme algo que no entendía.

Salía a correr por el puerto más de una hora para cansarme, lo que tampoco surtía ningún efecto. El doctor me comentó que los efectos de la melatonina tardarían unos días en modificar mi sueño, pero cada día me agobiaba más y la pesadilla persistía.

Perseveraba Graciela con imágenes que no entendía. Su frase en su lecho de muerte «cuida de los animales» se repetía durante todo el sueño. Veía morir animales que nada tenían que ver con los de Graciela: osos polares, pandas, linces, un rinoceronte blanco abatido cruelmente por cazadores furtivos para extraer sus colmillos. Lo mismo les sucedía a elefantes, sacrificados solo para separar sus enormes colmillos de sus bocas, gorilas disecados e incluso un tigre, que despedazaban para sacarle la piel y convertirlo en una alfombra.

A la octava noche con la misma situación y sueño, en vez de intentar volver a dormir me levanté. Sentía un ardor interno que me recorría el cuerpo, una voluntad intensa de movimiento hacia mis dedos.

Querían pintar.

Nunca me había ocurrido. Noté una energía en mis manos y me puse delante de mi mesa de dibujo. Innatamente, mis dedos y mi pensamiento se entrelazaron y dibujé a niños pobres a un lado, los animales que había visto acribillados al otro lado y a Graciela en el medio. Las palabras «Graciela Children & Animal Foundation» se escribieron sobre el dibujo y, encima de las palabras, tracé la cara de Malai. También dibujé un local en una de las principales calles de La Coruña, Los Cantones. Incluí mi obra expuesta, con la sala presidida por el retrato de Graciela. Encima del local escribí las palabras «Graciela Galery». No daba crédito a lo que acababa de dibujar, ni entendía su significado. Estaba en una especie de trance, asombrado, incrédulo y dubitativo a la vez. Me sentí aliviado y cansado cuando lo terminé, me había quedado sin energías, sin fuerzas.

Durante el día mis pensamientos giraban en torno a lo soñado. ¿Malai? ¿Qué sentido tenía lo que me estaba sucediendo?

La segunda noche, el sueño volvió a cambiar, Graciela permanecía dirigiendo la ilusión como un director de orquestra con la batuta. Estaba por todos lados, oía su tenue voz y las palabras «Tienes que hacerlo, Beni. Habla con mi padre». Me susurraba con una voz melódica, dulce y profunda. Esa vez mi sueño eran unos contenedores, plantas de reciclado de plásticos, de basuras. Había también unos barcos que recogían botellas y basura del mar, residuos, suciedad provocada por el hombre. Cochambre que se amontonaba, se me caía encima como una montaña, no me dejaba respirar. Un olor nauseabundo, repugnante, asfixiante, que me despertó súbitamente. Escribí las palabras que de nuevo me susurró Graciela: «Zapatos sostenibles Zapas».

Me relajaba al terminar, bajaba mi excitación, mis pulsaciones recuperaban su ritmo normal.

La tercera noche el sueño volvió a ser otro. Me desperté otra vez muy despejado a las cinco en punto, me sorprendió la exactitud de la hora. Fue un sueño donde vi monjes rezando, cosechando y cultivando, rezos que se interrumpían con la voz de Graciela: «Hazlo, Beni, la cripta». Veía a los monjes dibujando, escribiendo. No entendía, era todo confuso y oscuro. Delante de la cripta del monje Abundio, una piedra enorme.

Me levanté sobresaltado, dibujé la iglesia y la cripta con detalles de las enormes piedras que no había visto nunca, pues solo había estado una vez y a oscuras. Delante de la cripta dibujé una piedra gigantesca que emergía del suelo. Era increíble que mis manos dibujaran lo que no había visto, pero allí estaba, detallado en el papel. Dibujé los enormes manzanos y, entre ellos, una lápida con el nombre de Graciela. Fue un sueño oscuro, de tinieblas, sombras que generaban una sensación de no ver. De repente, el sueño cambió radicalmente y la imagen era del fuego enorme de una hoguera. Dos sombras alargadas sentadas alrededor del fuego, en un abrazo, como si se unieran entre sí. Al acercarme a esas sombras, me vi. Era yo el que estaba con Graciela.

Tuve el mejor despertar que nunca había tenido, ni hubiera pensado que podía tener jamás. Graciela me estaba besando, era la noche de San Juan. Sentía su lengua contra la mía. Me desperté manteniendo ese beso y con sus labios despidiéndose de los míos. Quise prolongar el momento, que fuera eterno… Estaba ya solo. Me desperté en mi habitación, continuaba moviendo mi lengua y mis labios en busca de los suyos.

Durante días no tuve ningún otro pensamiento que no fueran los sueños. El día transcurría remirando los dibujos, no podía hacer nada más. Intentaba descifrar su significado. Era todo místico y extraño a la vez, pero los dibujos estaban ahí y no los había hecho yo conscientemente; simplemente, dibujé los sueños tan extravagantes que había tenido.

«Soñar el sueño imposible, luchar contra el enemigo imposible, correr donde valientes no se atrevieron, alcanzar la estrella inalcanzable, ese es mi destino», decía Don Quijote.

«Nunca desistas de un sueño. Solo trata de ver las señales que te lleven a él», asegura Paulo Coelho.

Medité y reflexioné mucho sobre lo que hacer, no quería equivocarme. Tenía que hacer lo que debía hacer. Medité, me hinché de valor, respiré, conté hasta veinte y llamé a casa de Jacinto Buenafuente. Él se encontraba trabajando, se puso su mujer, Alicia:

—Hola, Benito, ¿qué quieres? —me preguntó sin rodeos.

—Quiero veros en el pazo a ti y a Jacinto, es urgente.

—¿Mañana a las cinco de la tarde te viene bien?

—Sí, perfecto. Allí nos vemos, hasta mañana entonces.

—Hasta mañana, Benito.

Al día siguiente me dirigí solo al pazo. Cuando estaba de camino oía las voces de Graciela y mi padre decir que todo iba a salir bien. Tenía muchas dudas por el carácter y rencor que Jacinto me tenía. Dudé si contarle todo a mi madre, para que suavizase la situación, pero no lo hice. Ya lo haría más adelante, cuando estuviese resuelto. Tenía que afrontarlo yo solo, como me decía mi padre, con amabilidad y educación. El olor a jazmines, claveles, rosas me trajo los recuerdos y aromas de Graciela.

El pazo seguía igual de imponente que la primera vez que lo vi. Alicia y Jacinto me esperaban con varios de los secretarios y el abogado del traje azul que había hablado en el almacén donde estaban mis cuadros.

Una vez dentro, les pedí a Jacinto y a Alicia si nos podíamos quedar solos los tres, no quería que nadie interfiriera o diese alguna opinión sobre lo que les iba a contar y proponer. Un gesto de Jacinto con la cabeza hizo que se marchasen todos del despacho y nos quedamos solos.

—Buenas tardes, Alicia y Jacinto. Les pido que me dejen hablar sin interrumpir. Después me dicen todo lo que les parezca. Como pueden comprender, no es fácil para mí estar aquí. Espero que entiendan lo que les vengo a contar y a proponer. Puede parecer raro y extraño lo que les voy a contar, pero es la pura verdad de lo que me ha sucedido.

»Llevaba tiempo con unos problemas de sueño que jamás había tenido. Durante varios días seguidos me despertaba sobre las cinco de la mañana, empapado en sudor, soñando con su hija. Ella me repetía una y otra vez que cuidase a los animales, pero animales que no tenían nada que ver con Graciela. Linces, tigres, gorilas, rinocerontes...

»Sé, Jacinto, que no le gusto. Tiene algo contra mí desde hace tiempo, quizás por no haberle vendido el retrato de Graciela, no sé si por algo más, pero ahora todo eso da igual. Les voy a proponer opciones para cambiar la situación. Aunque le parezca inverosímil o pretencioso, si pongo en conocimiento de la opinión pública los robos y los seguimientos que he tenido por su parte, su imagen y la de su empresa se vería afectada muy negativamente y estoy seguro de que incidiría en los resultados. Las repercusiones si lo hiciera, su credibilidad y su posible condena, que podría acarrear cárcel por el alto valor de lo sustraído, así como la repetición y ocultamiento del delito podrían causar serios problemas y un cambio importante en sus vidas. Pero no vengo aquí con esa intención, sino con la contraria: intentar llegar a unos acuerdos que sean beneficiosos para todos.

Permanecieron los dos en silencio. Vi que Jacinto se disponía a hablar, pero Alicia le apretó la mano con un gesto en su mirada y en su otra mano, como cortando el aire para que se callase, para que no dijera nada.

—Como les decía, he estado soñando con su hija o, visto de otra manera, teniendo pesadillas con unas misivas diferentes en varias noches, que me desvelaban y que permanecían en mi mente durante el día. El primer mensaje fue casi el mismo que me dijo en su lecho de muerte: «Cuida de mis animales». Aunque les cueste creerlo, Graciela me ha hablado en sueños y yo he dibujado lo que acababa de soñar. Debo puntualizar que en toda mi vida nunca he soñado ni recuerdo ningún sueño. He intentado analizar el significado de esas tres noches únicas. Desde entonces, no he vuelto a soñar ni a despertarme a las cinco de la noche angustiado. Mi intención es retirar los cargos por las denuncias y al mismo tiempo les regalaré los cuadros y cuadernos que me han sustraído.

—Generoso por su parte —me interrumpió Jacinto.

—Bueno, esperen a que les cuente lo que les pediré a cambio. Este es el dibujo del primer sueño. Como pueden ver, es la cara de Graciela rodeada de niños y animales, niños desnutridos y animales en peligro de extinción, porque el sueño trataba sobre cómo esos animales —linces, rinocerontes, gorilas, tigres— eran masacrados por la mano del hombre. Sangre, pesadillas de muertes violentas, de matanzas, animales despedazados, sufrimiento que permaneció durante toda la noche. Este dibujo bien podría ser el logotipo de lo que se va a crear: la fundación Children & Animal de Graciela. Esta fundación se financiará con el veinte por ciento de los beneficios que usted, Jacinto, gana cada año, a través de donaciones. Como pueden entender, su objetivo principal será salvar la vida de millones de niños que se mueren de hambre y también una pequeña parte se destinará para preservar animales en peligro de extinción, a través de proyectos y programas.

—¿Y el dibujo de tu novia? ¿Qué significa? —preguntó Alicia.

—He pensado mucho el porqué de mi novia Malai en el sueño. Graciela, en el sueño, me hablaba de lo bien que se le daban los números y lo uní a que podría ser la mejor candidata como directora general de la fundación. Está terminando la carrera de económicas en la London School of Economics, la mejor de Inglaterra y una de las mejores del mundo. Su labor será poner en funcionamiento la fundación. Para que los fondos lleguen a los destinatarios y a los proyectos que se decidan. Serán ustedes, como miembros del consejo, los que determinen los proyectos que consideren más interesantes, con cuáles ONG va a colaborar la fundación y, en definitiva, hacia dónde se van a distribuir esos recursos. El único punto que todavía no he hecho es preguntar a Malai si estaría dispuesta a asumir el trabajo. Entiendo y espero que sí, que estaría encantada de realizarlo, dado lo caritativa que es y su filosofía de ayudar a los demás —les dije.

—¡Un veinte por ciento! ¿Sabes cuántos millones son? —dijo Jacinto alterado.

—Déjalo que prosiga —intervino Alicia.

—¡Es que un veinte por ciento son más de mil millones de pesetas!

—¡Déjalo que siga, Jacinto, por Dios! —volvió a recriminar Alicia.

—También tienen que pensar que su imagen y la de su empresa se verían muy favorecidas al salvar tantas vidas de los más necesitados. Ayudar de una manera importante a frenar la extinción de la vida animal puede ser algo muy valioso para la posteridad. Sus tiendas podrían ser una plataforma para concienciar y hacer que las personas se involucren, e incluso aporten también a la causa. Puede ser beneficioso a largo plazo y es algo en lo que incidió Graciela, tanto en su lecho de muerte como en el sueño: «Cuida los animales». No debo de recordarles el amor que sentía hacía los animales y cómo se entristecía y ayudaba a los niños que se mueren de hambre —les dije.

—Es mucho dinero —respondió Jacinto.

—¡Y para qué quieres tanto! ¡Para ser el más rico del cementerio! —repuso Alicia un tanto crispada.

Sin dejar que fuera un rifirrafe entre ellos, por el carácter materialista de Jacinto y el solidario de Alicia, los interrumpí rápido, sin dar opción a que Jacinto negociase el porcentaje a la baja, como temía.

—Por favor, déjenme terminar. Al finalizar, podemos intercambiar posiciones por si algún tema hubiera que matizarlo. El segundo dibujo de esa noche se basa en un local donde ahora tienen una tienda de zapatos, es la de la calle Los Cantones. En ese céntrico local se creará la galería de arte Graciela y en el lugar más destacado se situará el retrato de Graciela, que les donaré. También les donaré la réplica, que acabo de terminar y que creo que les va a gustar mucho. Es una obra a la altura de la primera o incluso mejor, muy trabajada, con unas pinceladas coloristas, mucha sensibilidad y pasión, que evoca el lienzo con un exotismo poético muy singular. Está mal que yo lo diga, pero esperen a comprobarlo. Si lo ven oportuno, este segundo lienzo sería para exponerlo en su casa, entiendo también que en un lugar privilegiado. Como solía decir Leonardo, la belleza perece en la vida, pero es inmortal en el arte.

»La segunda noche, Graciela intentó mostrarme lo importante que es cuidar el medio ambiente. Durante toda la noche soñé con desperdicios, basuras, contenedores, plantas de reciclado, mares de plásticos, cómo se acumulan las basuras por todas partes. Las fábricas, que contaminan; inmensos vertederos; ríos de todos los colores: amarillos, azules, rojos... Vi a pescadores que sacaban plásticos de sus redes, olores a putrefacción de residuos que inundaban todo. Escribí las palabras: «Zapatos sostenibles Zapas». Las imágenes de los barcos pesqueros obedecen a que, en algunos lugares, los pescadores empiezan a ayudar a retirar plásticos y basuras de los mares porque está afectando a su forma de ganarse la vida. La captura masiva de las enormes embarcaciones, que arrasan en los caladeros, hace disminuir a pasos agigantados la cantidad de peces en nuestros mares. El motivo de estar pintados es para que su empresa sea pionera en diseñar y crear zapatos que provengan de plástico reciclado y ayudar a esos pescadores a recoger y limpiar de una manera consistente los océanos.

—No es una mala idea. Tendríamos que ver la viabilidad del proyecto, puede ser muy interesante. Una nueva línea innovadora para la compañía, seductora, me gusta. Sí, me gusta mucho para la empresa, ser pioneros… —dijo Jacinto con una medio sonrisa en la cara.

—¡Ay, Jacinto! En cuanto ves oportunidad de negocio, te cambia la cara. Continúa, Benito, por favor —dijo Alicia.

—La tercera noche soñé con monjes que rezaban, cultivaban, alababan, dibujaban y escribían. Después, como pueden ver, dibujé la cripta del monje Abundio y esta piedra enorme. Solo estuve una vez en la cripta, con Graciela, y como pueden ver está dibujada con sumo detalle. Tendremos que ir a ver lo que esconde esa descomunal piedra. De repente, todo cambió hacia la naturaleza, hacia lugares al aire libre, abiertos, hacia esos majestuosos manzanos que se mueven por el viento. Saben que a Graciela lo que más le gustaba eran las manzanas de esos árboles. Creo que es el motivo del dibujo, interpreto que le gustaría poner su lápida entre los manzanos, creo que quiere paz entre los árboles y no en el frío panteón. Quizás pueda parecer extraño e insólito, pero les juro que no estoy inventando nada. De alguna forma mis sueños conectaron con ella para transmitirme algo. La interpretación de esos sueños es lo que llevo tiempo analizando y les estoy contando.

—Es cierto, desde siempre su fruta favorita fueron las manzanas y las que más le gustaban entre todos los tipos eran las de esos árboles. Se podía comer más de una docena de manzanas al día —comentó Alicia.

—Pero si el panteón lo diseñó y construyó en tiempo récord, en solo dos días, el mejor arquitecto de panteones, Ramón Portela —soltó Jacinto.

—Pues a Graciela no le gusta —les dije espontáneamente.

—Lo destruiremos en menos tiempo que tardamos en construirlo y la enterraremos de nuevo entre los manzanos —repuso Alicia rápidamente.

—¿Y cuál es el significado del último dibujo, de la hoguera y de esas figuras alrededor? —volvió a preguntar Alicia.

—Somos Graciela y yo en la noche de San Juan, la noche más feliz de su hija y la mía. Creo que es su forma de despedida, de recordar ese momento —les dije.

—Es todo un poco extraño —dijo Jacinto.

—Por supuesto que lo es. Pero, para salir de dudas, vayamos a la cripta. Que venga algún hombre para poder levantar la colosal piedra, debe de haber algo escondido debajo.

—¡Vamos ahora mismo! Ya aviso yo a alguien. Como encontremos algo, hago todo tal y como me estás pidiendo —dijo Jacinto con cara de incrédulo.

Ya en la cripta, Alicia, Jacinto, yo y los dos obreros nos percatamos de que la piedra más grande del suelo de la iglesia era precisamente la que se encontraba delante de la cripta. Medía más de un metro de largo y más de medio metro de ancho, con un grosor de casi dos palmos. Los obreros, provistos con unos cinceles, removieron la tierra alrededor de la piedra para meter unas largas barras de hierro, poder hacer palanca y levantar la inmensa piedra. Sudaron más de media hora para mover y levantar la brutal piedra.

—¿Podrían traer una pala para excavar, por favor? —les dije a los obreros.

Tras la quinta palada un sonido diferente retumbó en la iglesia. Nos miramos todos asombrados, incrédulos por lo que preveíamos que podía suceder. Los obreros, ya con las manos, fueron quitando la tierra alrededor de lo que parecía una caja de madera roída, adornada de metales en las esquinas y en el frente, que protegían la delicada estructura, que se deshacía como si fuese cartón mojado. Al abrirla con sumo cuidado nuestro asombro fue infinito. Nuestros ojos se abrían más y más, nos mirábamos como dudando de lo que contemplábamos. Una caja que llevaba siglos escondida veía la luz por primera vez... En el interior hallamos manuscritos de los monjes. Alicia sacó con suma delicadeza cada hoja.

Escritos de un valor incalculable, hablaban de cómo se había construido la iglesia, relataban la vida de hace quinientos años y cómo el padre Abundio pidió que fueran escondidos estos manuscritos.

El hallazgo hizo que tanto Alicia como Jacinto cambiaran su mirada de asombro hacia mí, como si estuvieran viendo a su hija. Algo de ella estaba en mi interior, ahora lo veían. Percibí miradas de padres que habían perdido a su bien más preciado, pero de alguna manera un trocito pequeño les había hablado y los hacía soñar.

Era la prueba definitiva. Me sentía como si hubiera descubierto el mayor tesoro jamás encontrado. Pensé en Graciela e innatamente les dije:

—Este hallazgo es, para mí, la prueba que corrobora la conexión del espíritu de su hija con mis sueños. Que mi destino cambie desde este momento de manera radical.

—Ha sido increíble, no tengo palabras. Haremos todo como has dicho. Habla con tu novia para que venga y creemos la fundación de Graciela y la galería, y pondremos el resto de los temas en marcha —repuso asombrado Jacinto.

—Muchas gracias. Mañana recibirán aquí los dos retratos y me gustaría, si no es inconveniente, venir a pintar al pazo para seguir creando obras para la galería de Graciela. También visitar los animales y, si es posible, montar los caballos, como a su hija le hubiera gustado que hiciese —les dije.

—Por supuesto, esta es tu casa y estará siempre a tu disposición. Espero y deseo que nuestra relación cambie desde este instante y nos llevemos bien a partir de ahora por lo mucho que compartiremos —sonrió por primera vez Jacinto.

—Perdónanos por todo el daño que te hicimos. Únicamente pretendíamos conseguir el retrato de nuestra querida hija, se había vuelto una obsesión conseguirlo

—me dijo Alicia con una sonrisa de alegría y paz que transmitía su cara después de mucho tiempo.

—Totalmente perdonados, Alicia y Jacinto. Una persona maravillosa como lo era vuestra hija, y mi mejor amiga, ha querido unir nuestros destinos para siempre, y así será.

Nos dimos los tres un abrazo sabiendo que sería el primero de muchos.

A los dos días recibí una llamada de Malai.

—*Hola, Beni, mi amor, tengo que contarte algo importante.*

—Hola, cariño, yo también tengo que contarte muchas cosas a ti —le dije.

—*Estoy preocupadísima, Beni. No puedo dormir bien, no me viene la regla. Me tendría que haber venido hace tres semanas y yo soy como un reloj suizo, no fallo nunca. Me he hecho la prueba del embarazo en una farmacia ¡y me ha dado positivo!*

—¡Qué bien! Eres lo mejor de mi vida y solo quiero estar a tu lado el resto de mis días. Ven este fin de semana y nos vemos. Necesito abrazarte, besarte. Debo hacerte una pregunta que no tiene nada que ver con lo que me estás contando, aunque no tienes que contestarme ahora. ¿Cómo verías poder crear una fundación que se va a dedicar a salvar a niños de morir de hambre, tener recursos para proyectos que ayuden a preservar animales en extinción? ¿Que pudieras ser la directora general, con un presupuesto que supera los mil millones de pesetas?

—*Pero ¿qué dices, Beni? ¿Qué me estás diciendo?*

—Lo que oyes. ¿Vivirías aquí conmigo haciendo el trabajo que te estoy contando?

—*Mi amor, contigo viviría en el fin del mundo. Les diría a mi tío y a mi familia mi nueva vida. No les gustará mi decisión, sobre todo, al principio. Aunque, si vamos a ser padres, lo entenderán... Al menos, eso espero. Pero, si no lo entienden, lo sentiré por ellos.*

—¡Qué ilusión, Malai! ¡Ser padres es fantástico! La mejor noticia que podías darme. Tenemos que celebrarlo. Bueno, tú, sin beber alcohol y sin coger nada pesado. ¡Cómo te quiero, amor mío! Se lo voy a contar a mi madre ahora mismo, se pondrá contentísima de ser abuela y cuidar a su nieto. ¿Qué quieres que sea? ¡Dios mío! No me lo creo, voy a ser padre. Qué responsabilidad, ¿no? Eres única, estoy deseando que estés aquí para matarte a besos. No puedo esperar al viernes, te quiero con locura, mi amor.

—*Yo también te quiero, Beni. También eres la persona con la que quiero compartir el resto de mi vida. Me da un poco igual que sea niño o niña, solo deseo que no tenga ningún problema. ¿Te hace mucha ilusión que esté embarazada, Beni?*

—Claro, por supuesto, es lo mejor que nos podía pasar para unir nuestros destinos para siempre. Estoy que no me lo creo, feliz de lo que cambiarán nuestras vidas... ¡Un hijo! De nuestra unión, de nuestro amor. Eres lo que más quiero en este mundo, mi amor. No sé cómo celebrarlo sin ti, solo deseo verte.

—Yo también te quiero. Eres lo mejor que me ha pasado en mi vida y también estoy deseando verte. Hasta el viernes, cariño.

Malai y yo tuvimos un fantástico hijo al que llamamos Frederic en honor a mi padre. Lo bautizamos en el pazo ante la insistencia de Alicia y Jacinto, con quienes, con el tiempo, la fundación y la galería, nos habíamos unido mucho. Querían a Frederic como si fuese su nieto. Sentía lástima ante la tristeza que no podían disimular de haber perdido a su única hija. El tiempo ayuda a borrar las heridas, aunque algunas, como la muerte de un hijo, se quedan abiertas y escociendo para siempre.

La familia de Malai, después de un considerable cabreo al principio, asimiló la situación y viajaron al bautizo para conocer a su sobrino y nieto. Una nueva vida feliz junto a Malai comenzaba para los tres, afortunados de disfrutar lo que la existencia y el destino había guardado para nosotros.

Siempre he pensado que no conocemos a las personas por casualidad, todas están destinadas a cruzarse en nuestro camino por alguna razón.

Carta inesperada

El día 23 de junio un señor de traje llamó a la puerta de mi casa.

—Soy José Manuel García, abogado de Matutes y compañía. ¿Es usted Benito Buendía?

—Sí, soy yo, ¿qué desea?

—Hacerle entrega de un documento de mi cliente fallecida, Graciela Buenafuente. Dejó instrucciones precisas para que se le entregase personalmente en el día de hoy. Aquí lo tiene. Si me hace el favor de firmar aquí... Que tenga un buen día, señor Buendía.

—Gracias, igualmente—le contesté.

Habían hecho la gracia de mi apellido por primera vez sin intención de hacerlo.

Sentía una curiosidad enorme por el sobre que me acababan de entregar. Entré en casa y me senté en una silla del salón dispuesto a abrirlo. Un sudor frío recorrió mi cuerpo. Recibir algo después de más de seis meses de alguien que ha muerto es como si, de repente, resucitara su persona, su alma o, mejor dicho, su espíritu.

Quité el primer sobre, donde estaba escrito a máquina mi nombre y mi dirección. Había otro sobre en el interior, de nuevo con mi nombre escrito a mano con una caligrafía que reconocí, la de Graciela.

En la parte de arriba, a modo de título, decía: «A ti, que siempre me has querido».

Mi amado Beni:

Si estás recibiendo esta carta, es que no he superado este maldito cáncer.

Te extrañará recibir estas letras, pero necesitaba hacerlo. Temo que en breve no pueda transmitirte lo que pienso, lo mucho que significas para mí.

Quizás no lo entiendas, ni lo comprendas, pero es importante decirte lo que no he tenido tiempo, ni valor, para contarte.

Te he escrito para recordarte que no ha habido en mi vida nadie más que tú.

Sí, están mis padres, a los que he querido sin ser algo que sintiese recíproco. Seres extraños que nunca intentaron comprenderme. A mi padre le importan más los negocios que estar con su familia. A mi madre, sus amigas, sus antigüedades, sus viajes, la caza, las partidas de *bridge* han sido su mundo, su atracción y por lo que se ha desvivido.

Tengo que empezar desde el principio, por tanto que he callado, por todo lo que no te he dicho. Ahora, desde mi lecho de muerte, me abro a ti. Tarde, sin aprovechar lo mucho que me diste.

Desde ese primer momento que nos conocimos, ejerciste una poderosa influencia sobre mí. Estaba llena de admiración por tu forma de ser. El secreto de tu vida me atrajo y no demostré como debía mis sentimientos hacia ti. Lejos de disminuir, mi curiosidad se acrecentaba. Tu suave trato, tu cariño, tu cálida y envolvente mirada, llena de ternura. Desde aquel primer momento me sentí enamorada, con miedo a perder tu amistad, feliz por sentirme querida.

Me llenabas de amor y no tenía a nadie en quien confiar, solo estabas tú. Tus cuadros, tu arte, tu forma de ser; bondadoso y compasivo, alegre y divertido. Tú eras mi salvación, te esperaba como mi único destino.

Quizás soñaba despierta, sin darme cuenta de que mi realidad eras tú.

Te observaba con deseo ardiente pero contenido, no podía permitir que ese amor hacia una chiquilla que nunca había sido querida lo perdiese.

Ingenua adolescente que pensaba que serías mío para siempre.

La distancia separa a las personas y ese maldito internado nos separó sin que me diera cuenta, sin que fuera consciente de lo que sucedía.

No te puedes ni imaginar lo que me arrepiento. Lo daría todo por volver atrás, por poder llamarte al día siguiente de San Juan y devolverte lo que buscabas. lo que yo no era consciente de entregar: mi amor, mi vida, mi tiempo, que ahora se agota… Todo tendría que haber sido tuyo.

A veces damos al otro por garantizado, confiados, seguros de que lo tenemos porque vive en nuestro corazón y en nuestra compañía.

Mi equivocación fue amarte y no decírtelo, querer un amor furtivo, escondido. Padecía miedo a perder tu amistad. No podía evitar sentir una completa devoción hacia ti, por todo lo que me dabas.

Mi segunda equivocación fue dejarte, no escucharte, cuando me advertiste sobre Gonzalo. Día tras día me arrepiento y es el otro motivo para escribirte.

Es mi primer fin de semana en el hospital. Te acabas de ir. No hay palabras suficientes para poder expresar lo feliz que me he sentido a tu lado. Es difícil esperar el anhelo de la muerte sin ti, sin tus manos y caricias. Gracias por estar ahí, por dar tu tiempo y tu amistad sin recibir ni preguntar.

Por hacerlo todo más fácil de llevar, de forma desinteresada.

Mi tiempo se acaba. Tú haces que mi corazón perdure bombeando un poco más, me das la fuerza para matar el bicho que llevo dentro. Me consume, me puede, me mata, pero a tu lado todo pasa. Me siento fuerte, con esperanza, y me agarro al futuro que ya no veo.

Siento que tus miradas no serán para mí, estoy lejos de ti, pero puedo soñar contigo.

El fin de semana que viene volverás a estar a mi lado, y entonces sí, todas tus miradas serán para mí, tus pensamientos, tus caricias, que me transmiten ese amor duradero. Cuando estás a mi lado, mi sangre corre feliz entre mis venas ayudada por tus caricias y masajes. Derrotas lo malo que tengo para vencerlo. Me lees paz, amor, tranquilidad.

A pesar de mí y de cómo me encuentro, mi imaginación me lleva a pensar en ti. Te beso, te acaricio, miles de las más amorosas caricias se apoderan de mí.

Esto no es vida, nunca antes había sido así. Vivo ahora por tu amor, viendo cómo se consumen los sufrimientos, cómo la vida ya no es vida porque tu corazón no es solo para mí.

Eres la razón para que yo exista.

Me siento miserable sin la esperanza de verte pronto. Miedo, oscuridad y dolor que me atormentan. Me asusto cuando te alejas de mí. Cuando tú estás en la habitación, mis pensamientos se quedan atraídos por ti.

Sin apenas tener tiempo ni fuerzas para mi último abrazo, te daría todo. No tengo nada, nada es mío. Mi capacidad, mi forma de ser, nada me corresponde. Y te perdí perdiéndome yo, perdiéndolo todo, pero lo mío es solo tuyo.

El amor es como el vino: a unos reconforta y a otros destroza.

El último aliento de mi vida es para ti, para recordar los bellos momentos de la noche mágica de San Juan. Lo que saboreamos poco tiempo permanecerá eternamente.

Tu delgada alma dorada algún día volverá a verse con la mía. Entonces resplandecerán como el fuego de esa noche. Hasta entonces, te deseo lo mejor y que seas tan feliz como te mereces.

Perdón por el delirio de tu amiga que se despide, que te adora tanto en esta vida como en la otra.

Te querré siempre.

Gracias.

Graciela

En mi mente y en mi corazón, el legado y los recuerdos de mi padre y de mi primer amor y mejor amiga estaban más vivos que nunca.

Una frase de Platón, poderosa, que resume nuestros actos en esta vida, me vino a la mente: «Si no has sido una buena persona, eres un alma sin destino».

FIN

Agradecimientos

Mi querida hermana Marta, sin tus ánimos cuando empecé a escribir difícilmente hubiera finalizado. Al resto de los lectores cero, que para mí son lectores 10 por su empuje y sus comentarios, Pepe, Eva, Sole, Martita, David, Amparín, Ramón, Marina, Juan… A mi prima Tití, porque en cuanto leyó el manuscrito se dedicó en cuerpo y alma a realizar los mejores cuadros e ilustraciones que mi libro pudiera tener. A mi editor, Manuel Arenas, que confió en mí desde el primer momento. A mi madre, gran lectora, que me inició desde pequeño en el maravilloso mundo de la lectura. A mi hermana María, que luchó contra ese maldito cáncer sin superarlo, con solo cincuenta añitos. A todos los que habéis querido que comparta con vosotros una historia, que espero y deseo que disfrutaseis tanto como yo escribiéndola. Gracias.

Cualquier comentario en elpintordeldestino@gmail.com

O visita mi web www.jacobofernandez.com